· 可可爱爱的

森林的故事

吉竹伸介插图本

[加] 西顿 著 [日] 今泉吉晴 企划
[日] 吉竹伸介 绘 祁和平 蒲隆 应中元 译

中信出版集团 | 北京

图书在版编目（CIP）数据

森林的故事 /(加)西顿著；(日)吉竹伸介绘；
祁和平，蒲隆，应中元译 . -- 北京：中信出版社，
2022.9（2023.11重印）
（可可爱爱的世界名著）
ISBN 978-7-5217-4543-6

Ⅰ.①森… Ⅱ.①西…②吉…③祁…④蒲…⑤应
… Ⅲ.①儿童故事－作品集－加拿大－现代 Ⅳ.
①I711.85

中国版本图书馆CIP数据核字（2022）第121975号

MORI NO MONOGATARI by Yoshiharu Imaizumi & Shinsuke Yoshitake
Copyright © 2020 Yoshiharu Imaizumi & Shinsuke Yoshitake
All rights reserved.
Original Japanese edition published by Rironsha Co., Ltd.
Simplified Chinese translation copyright © 2022 by CITIC Press Corporation
This Simplified Chinese edition published by arrangement with Rironsha Co., Ltd., Tokyo,
through HonnoKizuna, Inc., Tokyo, and BARDON CHINESE CREATIVE AGENCY LIMITED

本书仅限中国大陆地区发行销售

森林的故事
（可可爱爱的世界名著）

著　　者：[加]西顿
企　　划：[日]今泉吉晴
绘　　者：[日]吉竹伸介
译　　者：祁和平　蒲隆　应中元
出版发行：中信出版集团股份有限公司
　　　　　（北京市朝阳区东三环北路 27 号嘉铭中心 邮编 100020）
承　印　者：北京盛通印刷股份有限公司

开　　本：787mm×1092mm　1/32　　印　张：5.5　　字　数：100千字
版　　次：2022 年 9 月第 1 版　　　　印　次：2023 年 11 月第 4 次印刷
京权图字：01-2022-2905
书　　号：ISBN 978-7-5217-4543-6
定　　价：20.00 元

版权所有·侵权必究
如有印刷、装订问题，本公司负责调换。
服务热线：400-600-8099
投稿邮箱：author@citicpub.com

目录

III 译者序

001 水鸭妈妈陆地旅行记
021 森林的故事
061 开垦地的生活——
　　唤醒母羊的本能
071 家养动物的野性
127 喀伦泡之王老暴

译者序

欧尼斯特·汤普森·西顿是著名的野生动物作家和艺术家。他1860年出生于英国的一个海滨小城南希尔兹。六岁时,随父母移居到加拿大。尽管他在人生的晚年入籍为美国公民,但是通常人们还是将他归为加拿大作家。他热爱野生动物,曾经搬到多伦多附近的树林中居住,专门绘制和研究动物。后来他成了一位博物学家,在加拿大曼尼托巴省工作过一段时间,其间对狼群产生了极大的兴趣,本书中收录的《喀伦泡之王老暴》与他的这段经历密切相关。如今,西顿及其作品早已跨越国界,享誉世界。他的动物故事已经被翻译成汉语、俄语、日语、韩语、捷克语、意第绪语等多种语言，成为全世界共享的一笔文化遗产。

我与西顿故事结缘始于十几年前，当时应浙江文艺出版社约稿，我选译了西顿的十几篇动物故事。《西顿动物故事》这本译作出版之后，似乎销量不错，曾经多次重印，后来又再版重印。我的老师蒲隆先生也曾译过多篇西顿的动物故事，于是我便搭顺风车，与他合作，又共同出版了其他几本西顿的动物故事书。以往我所翻译的都是较长的动物传记，这次有幸与中信出版社合作，翻译更多精致迷你的科普小故事，再次被西顿所描绘的自然世界所打动。他不仅擅长为动物英雄著书立传，还乐于将动植物的科普知识编成生动有趣的童话故事，让读者轻松快乐地了解动植物的特点，体悟野生世界中别样的情趣。

西顿经常采用小说的形式,以写实的风格为动物立传。他是一位博物学家,终身致力于对动物进行细致的观察和广泛的调查。他的作品一般都配有自己亲手所绘的写实插图。他熟悉和了解动物世界,深厚的博物学功底赋予了他的作品强烈的写实性。在他的笔下,这种写实风格往往与拟人的叙事技巧结合在一起,于是动物超越了原始的自然本能,不再是丛林生存法则下机械运行的物质躯壳。它们与人一样,具有感情和理性,是有灵魂、有尊严的人间精灵。从这个意义上来说,西顿的动物故事是人类世界的野生丛林版,其中既有狼王老暴那样天赋不凡、功业显赫的悲剧英雄,也有母性迸发、勇敢无畏的水鸭妈妈,还有寂寂无闻、凄然离世的林间兔辈。

如今新冠肺炎疫情仍然肆虐全球,在病毒面前人类显得手足无措、仓皇狼狈。生态危机以及人与自然的关系,成为我们不得不深入反思的问题。我们曾经以为人类是世界的主宰,将自然看作由人类审视和征服的对象。新冠病毒的出现提醒我们转变思维,以平等的视角看待自然界中的微生物、动植物和山川河流,用同理心去理解与我们共生、共享同一个地球的可爱伙伴。显然,西顿早在一个世纪之前就已经意识到了这一点。他以博物学家的严谨学识和出色的叙事能力造就了动物故事中的经典。幸亏有西顿和他的动物故事,我们才能在今天,当越来越多的野生动物日渐丧失生存空间、濒临灭绝的时候,重温北美野生动物曾经的美好家园,体味它们波澜不惊的日常琐碎,抑或跌宕起伏、惊心动魄的风雨人生。

本书的翻译工作幸得蒲隆先生和应中元老师两位前辈慷慨加持,于是我下笔时添了几分谨慎,也不由得多了一些自信。相信这本书会得到热爱动物的读者们的喜爱，给他们带来一场丰富而美妙的阅读体验。

祁和平

2022 年 5 月 5 日

※ 除篇章页外的插图由西顿本人绘制。

水鸭妈妈陆地旅行记

一

莱汀山的阳坡上点缀着一些池塘,池边绿草环绕。一只绿翅水鸭在水池旁的草丛里做了一个窝。

有个混血儿赶着嘎吱作响的牛车路过这里,眼里看见的只是一个周围长满杂草、普普通通的池塘。池塘的远处还有一片矮矮的柳树林和一棵老杨树。

但对于在草丛中筑窝的这只小水鸭和她的邻居——杨树上的啄木鸟一家来说,这却是家。他们把这个可爱的小池塘看作一个王国,一个绝妙的人间乐园。

现在恋爱的季节已圆满收尾，正值充满希望的妈妈季。

没错，你看那些小啄木鸟很快就要啄碎光亮亮的壳出来了。

水鸭妈妈生了十只蛋，她视为珍宝。这些蛋之前只是看起来好玩儿，现在却变了模样。每只蛋都呈现安睡的状态，暖暖的，有知觉，有脉搏，就差开口说话了。

这个季节刚开始不久水鸭妈妈就失去了爱人。

反正，他消失了，这一片地方天敌很多，想来他是死了。不过她把心思全都放在了自己的窝和这群孩子身上。

6月的最后两周，她一直在精心守护这些蛋，每天只在觅食的时候离开一小会儿，而且出门前，她总会将胸部脱落的羽毛拢在一起，小心翼翼地盖在蛋上面。

一天早上,她正要飞出去觅食,又在这些蛋上做好伪装。突然,她听到身边那片密实的柳树丛里,发出了危险的噼啪声。但是她料定出不了什么大事,所以飞走了。当她飞回家的时候,看到邻居啄木鸟还在尖声惊呼。她立刻查看自己的窝,发现了人类留下的新痕迹。

说来也怪,伪装被破坏了,但是那些蛋全都在,且毫发未损。鸭窝就近在眼前,但敌人还是中了水鸭妈妈的迷魂阵。

日子一天天地过去,任务即将完美收工。在绿翅水鸭的悉心照料下,囚禁在蛋壳里的这十个小家伙很快就要获得自由了。

这时候,水鸭心中的那份母爱变得愈发强烈,她已经做好了当妈妈的准备。

水鸭觉得,它们不再是几只蛋。有时候她会用低沉沙哑的语调和它们说话，似乎它们也会在里面吱吱吱地低声应答，也有可能那是一种人类无法命名的声音，因为这种声音很微妙，人类的耳朵听不到。难怪雏鸭出壳的时候就已经掌握了许多简单的词，会说鸭言鸭语。

早期筑窝时的种种危险很快过去了，不过又有了一个新的危险。随着春意渐浓，旱情显现。很多很多天滴水未降，而那个最重要的日子却日渐临近。

水鸭妈妈沮丧地发现，池塘正在变小，而且是迅速地变小。水塘边已经现出一大圈泥，除非早点儿下雨，否则小家伙们一出生就要经历一场危险的陆地之旅。

孵蛋催不得，老天下雨同样也急不来。正如水鸭妈妈所担心的那样，在即将完成孵蛋任务的最后几天，只见池塘里平平的一大片泥，原先的池塘已经不见了。

他们终于全都出来了。瓷器般的小蛋壳一个接一个地碎裂,每个里面露出一只小水鸭。

他们就像十只杂色斑驳的小绒球,十个黄色的小绒垫,还像是十只金色宝匣,上面镶着一对珠玉般的眼睛,每只宝匣里面都珍藏着一个无比珍贵的小生命。

可是命运如此无情。找寻池塘成了眼下生死攸关的大事。

唉,老天爷为什么不给这些小毛头三天的时间划一划水,让他们长得强壮一点儿,然后再让他们完成这趟可怕的陆地之旅呢?

水鸭妈妈必须面对这个问题,现在就要面对,否则她的孩子全都会没了。

小鸭子孵出来之后刚开始的那几个小时不用吃东西。他们可以靠着蛋壳提供的养分维持生命。不过,养分一旦用完,他们就必须吃东西。离得最近的那个池塘也有大半公里远。

最大的问题是：这些雏鸭能坚持那么长时间吗？他们能避开途中数不清的危险吗？哈利犬、猎鹰、老鹰、狐狸、黄鼠狼、郊狼、囊地鼠、地松鼠还有蛇，哪一个都会理所当然地把他们当作自己的口中餐。

水鸭妈妈本能地知道这些，不过她没有明确地表现出来。

这十个小家伙刚热完身，正精神抖擞呢，水鸭妈妈马上领他们进了草丛。有一片草秆，像竹海一样，挡住了他们的去路！他们奋力想要穿越过去，好嘛，看他们连滚带爬，吱吱乱叫，跌跌撞撞的。

他们的妈妈没办法，只好一只眼盯着十个宝贝，另一只眼盯着全世界，因为她也好，他们也好，除了自个儿连一个朋友也没有。周围的动物多得数不清，但是他们要么是敌人，要么保持中立。

二

他们在草丛中滚爬了很长时间,然后才爬上一个坡,走进一片矮杨树林,在这儿坐下休息。

有一个小家伙,与其他水鸭一起勇敢战斗了一路。他身子太弱,要想抵达池塘——那遥远的幸福之乡,似乎希望渺茫。

在他们休息的时候,他们的妈妈发出了一种低沉、温柔的嘎嘎声,分明是在说:"咱们走吧,孩子们。"

他们再次出发了,在小树枝中间左滚右爬。如果一切顺利,小鸭子便发出轻柔的吱吱声。若是困在了草丛中,他们的吱吱声便会带上几分幽怨。

终于他们来到了一片开阔的空地。虽然这里的路走起来轻松,但是有鹰,很危险。水鸭妈妈在草丛边歇了很长时间,她对天空全方位巡视了一番,然后,一直等到天上看不到任何东西,她才率领自家的小队伍,在这近百米的大沙漠上开始了急行军。

小家伙们勇敢地跟在她身后拼搏奋战,当他们跟在妈妈身后一路前行时,他们那小小的黄色身躯以某个角度向上仰着,纤弱的小翅膀像双臂一样张开着。

水鸭妈妈急着想要一口气走完,但是很快便发

现希望渺茫。最壮实的那个小鸭跟得上她,但是其他的几只体力不支,落在后面。

这会儿这群小鸭子形成了一支六米多长的小小队列,那只体弱的鸭子又掉队了,被甩了将近有三米远。

不得已,他们只得在空地上休息,这很危险。这些吱吱叫的家伙气喘吁吁地跑去找妈妈,他们满心焦虑。水鸭妈妈挨着鸭宝宝们躺下,等着他们有力气了再继续赶路。然后她和之前一样带领着他们,柔声地嘎嘎说:"拿出勇气来,我的小宝贝们!"

去池塘的路他们还没走到一半呢,在到达最后一片比较好的草丛前,这段旅程已经让他们渐渐尝到了苦头。

这群鸭子一个接一个,形成了另外一支队列,与后面那只小水鸭隔了老远。这时突然出现了一只巨大的泽鹰，在低空盘桓。

"蹲下！"水鸭妈妈倒吸一口冷气喊道。小东西们全都趴下了，除了落在最后面的那只。他离得太远，没听到警告，仍然在奋力往前赶。那只大鹰一个俯冲，用两只爪子紧紧地抓住他，把吱吱叫的他带向空中，然后从灌木丛上面飞走了。

可怜的水鸭妈妈无可奈何，只能呆呆地、心痛地看着那个嗜血成性的强盗将她的孩子掳走。不过，其实并非如此，并非完全如此。

因为，当泽鹰径直飞向池塘边，无意间经过了霸王鹰的老巢。霸王鹰像个无畏的小勇士，他高声尖叫，吹响战斗的号角，展开了空中追击。

强盗飞走了，霸王鹰也飞走了。他们俩一个身大体重、胆怯懦弱，另一个小巧敏捷、英勇无畏。

他们越来越远，飞出了视野。霸王鹰鸣叫着，一声比一声响。待他飞远之后，叫声才消失。

水鸭妈妈难过的心情,也许没有人类的妈妈那么深沉,却也真真切切。不过她现在要守护那九个宝贝。

孩子们需要她的悉心照料。她赶紧领着他们进了灌木丛,这一下他们可以自由呼吸了。

此后她想方设法地全程掩护这支行军队伍。

一个多小时里她不停地发出各种小警告,而且休息了多次,现在离池塘仅一尺之遥。

这可太好了,小鸭子们快要累垮了。他们的脚掌划破了,在流血,力气也已经用完了。

刚才他们在一片高大的灌木丛里休息了一会儿,躲在树荫下累得上气不接下气。随后他们又继续出发,彼此紧挨着,正穿过下一块空地,这块空地两边全是杨树林。

他们怎么也没想到死亡以另一种形式尾随着他们。

一只红狐狸路过小鸭军团的行军路线。他灵敏的鼻子立马告诉他这儿有一顿丰盛的大餐等着他。只需顺藤摸瓜,他就可以开吃了。

鸭子留下的痕迹清清楚楚,于是他轻手轻脚、身手矫捷地一路追踪。他已经看见他们了。

按常规他很快就能逮住水鸭妈妈和所有的小鸭,但是常规路线有时会走偏。他离得很近,已经能数清楚这些小旅行者们的个数了,如果他会数数的话。

正在这时刮来一阵风,风里有种气味让他止住脚步。他趴低身子,然后,又嗅了一遍,这下他心里更有数了。他偷偷地溜了,神不知鬼不觉飞一般地逃走了。

这次真是太危险了,是所有历险中离死亡最近的一次。多亏有一种看不见的力量,才化险为夷,这一点连那个警觉的水鸭妈妈也丝毫没有察觉。

三

小家伙们现在跟在妈妈身后摇摇摆摆地走着,妈妈领着他们迅速地穿过那片空地。她很高兴,一湾长长的池塘近在眼前,只隔了一条没有树的小路。她直奔而去,满心欢喜地喊着:"来呀,我的小宝贝们!"

哎呀!那块没长树的空地是人类弄出来的一种叫"车道"的东西。它的两边各有两道压得很深的、看不见尽头的

凹坑，人类称之为"车辙"，第一道车辙里掉进去了她的四个孩子。其余五个好不容易爬过去了，但是另一道车辙更深、更宽，他们一掉下去就被吞没了。

哦，天哪，这太可怕了！

小家伙们这会儿身体虚弱，爬不出来。

这指向两个方向的车辙，似乎看不到尽头，水鸭妈妈不知道该怎样帮他们。他们母子全都陷入了绝望。

她奔走呼号，催孩子们赶紧使出全身的力气。这时候她最害怕的那样东西，也是鸭子最致命的敌人，突然出现了。

那是一个大高个儿的人。

水鸭妈妈扑倒在那人的脚边，砰的一声跌进了草里。

这不是在乞求怜悯！才不是呢！她只是想使个

计策，让那个人以为她受伤了。这样一来，他会追她，她就可以诱敌离开。

但是这个人识破了这一伎俩，他可不去追。他不仅不追，还左看右瞧，发现了那九个眼睛闪亮亮的小水鸭。他们深陷在车辙里，想要躲起来，却又没处藏。

他轻轻地弯下身，将他们拢到一起，全都放进了他的帽子里。

可怜的小东西，他们吱吱吱的那通叫！可怜的水鸭妈妈，她为自家娃儿哭得那个惨！这时候她已经明白了，她将眼睁睁地看着孩子们被杀害。她悲痛交加，倒在了这个可怕的巨人面前。

接下来这个无情的怪物走到了池塘边。

不用问，他肯定是打算喝口水，把小鸭子们一口吞下肚。

他弯下了腰，没一会儿小鸭们就在水面上自由自在扑腾开了。

水鸭妈妈飞出来,落在如镜的水面上。她一喊,小鸭们全都忙不迭地过来找她。

她不知道这个人其实是她的朋友。

她永远也不知道他就是那个福星,没露面就赶跑了狐狸。当他们母子走投无路时,是他替他们解了围。但是,他的同类迫害他们家族的时间太长了,所以她一直恨他。

她想要把自己的这些孩子领到别处去,离他远远的。她带着他们直穿毫无遮拦的池塘。

这下她可犯了错,因为这让他们暴露在其他的真正的敌人面前。

那只大个头的泽鹰看见他们了。他一路俯冲过来,心想我有两只利爪,定要一手捉一只鸭。

"跑到草里去!"水鸭妈妈大喊。

他们全都跑起来了,疲惫的小腿儿拼命地在水面上扑腾,快得不能再快了。

"快跑!快跑!"水鸭妈妈大叫。

但是那只鹰已近在眼前。

虽说小水鸭们全都在跑,但是他们随时都有可能落入鹰爪。他们年龄太小,还不会潜水。

鹰猛扑过来,看来是无路可逃了。此刻这个聪明的水鸭妈妈拼尽全身力气,来了个大大的扑腾。她双足双翅并用,水花飞溅,打湿了鹰的全身。鹰惊住了。他腾空而起,想把自己身上的水甩干。

水鸭妈妈催着小家伙们"加油跑"。没错,他们是在加油跑。

但是那只鹰一遍又一遍地飞下来,每次都遭到一通喷水阵的阻击。他突袭了三次,三次都被水鸭妈妈弄得浑身是水。终于所有的小水鸭都躲进了草丛,安然无恙。

这会儿那只鹰气急败坏,朝着水鸭妈妈猛冲过来。但是水鸭妈妈会潜水，她来了一个道别式的扑腾，便从容不迫地消失了。

她在草丛的另一头现身了，嘎嘎，嘎嘎！她温柔地召唤。九个小家伙可累坏了，他们朝着水鸭妈妈跑过来，终于可以安安稳稳地休息了。

到此故事还没结束呢。正当他们开始享用丰盛的虫子大餐时，听见远处有轻微的吱吱声。水鸭妈妈嘎嘎地喊起来。

只见那只失踪的小水鸭，就是被鹰抓走的那只，不急不缓地穿过草丛，划水游了过来，俨然一个久经风浪的老手。

原来他并没有被鹰爪抓伤。

那只英勇的霸王鹰在池塘上空追上了泽鹰。刚被啄了第一口，泽鹰就一声尖叫，丢下了猎物。

小水鸭掉进水里，一点儿也没受伤。随后他逃进了那片草丛，一直等到他的妈妈和兄弟们过来。

于是他们阖家团圆，在那个大池塘里幸福地生活。

后来他们全都长大了，展翅离家，独自飞翔。

祁和平　译

森林的故事

魔鬼与山茱萸

5月时节,林间的山茱萸是如此的绚丽壮观!

它在放声高歌!它的歌声嘹亮清晰,无与伦比!

这不是一个人的低吟,而是声势浩大的众声齐唱;我明白,它唱的是"春天,这片土地上的春天!"

我想如果世人生出所罗门王的那对神仙耳朵,兴许能听见山茱萸花的歌声,如同一组教堂的钟声,清脆响亮;又如同教堂里的唱诗班,画眉鸟儿神父宣讲布道,一众的棕色画眉鸟儿则聆听回应。

人们说，山茱萸是伊甸园中亚当的所爱。它长得高高大大，盛开时赏心悦目，美不胜收。

于是迪亚乌洛，人们口中的那个魔鬼，想要除掉它。他一心想祸害山茱萸，将它那雪白闪亮的花瓣一片一片地撕掉。

于是他在一个黑夜来到大门口，爬上附近的一棵蜜槐树，尾巴吊在树上，荡过围墙，想要把那些可爱的花儿全部揪掉。但是他吃惊地发现所有的花儿都是十字架的形状，对此他无能为力，失算了。

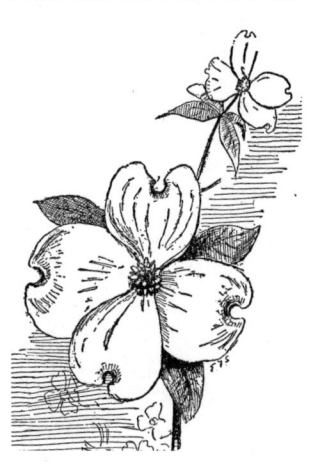

毁不了美丽的山茱萸花，让他气急败坏，于是他想着法儿地使坏。

他避开十字架，在每一片雪白的花边上都咬上一口，然后才跳回蜜槐树上。

　　蜜槐树发现自己帮着魔鬼干了件卑鄙的勾当，羞愧难当，于是它的脖子上长出了一圈向上支棱的、结实的长刺。这些刺又长又尖，从此以后任谁也爬不到这棵蜜槐树上去了，哪怕是魔鬼，也无可奈何。

　　但是山茱萸花未能因此幸免。咬痕摆在那儿，永远也修复不了，直到今天依然能看见。

蝴蝶和飞蛾

你是否还记得那个特别古老的童话故事《美女与野兽》?

美女为了救自己的父亲,不得不嫁给野兽。她勇敢无畏,同意献身。不过,她刚一说出那个命运攸关、表示同意的字,野兽就马上站了起来,头上的角、脚下的蹄、身上的皮毛全都褪去了,他变回了本形。

原来是一个年轻美貌的王子,美女对他一见倾心,两人从此过上了幸福生活。

你知道吗,这种变形、喜结良缘的故事一直发生在我们的身边。

野兽是一只长相丑陋的毛毛虫,美丽的公主是蝴蝶或飞蛾。

当野兽变身为迷人的王子,与美丽的公主相遇时,他们就像童话书里所说的那样,幸福得不得了。

我知道这回事,因为我见过它们变形的过程,也见过这一对新人在成婚之日结对双飞。

科学家们一直在尽力解释这些奇异的变形过程,但是科学家的进展并不多,他们只是为我们小时候长久痴迷、喜闻乐见的那些东西命了名,将那些长着翅膀的神奇东西分成了两大类:蝴蝶和飞蛾。

你知道蝴蝶和飞蛾的区别吗?

总体而言,两者构成了一个大类,即鳞翅类,因为在昆虫中只有它们的翅膀上有细若尘埃的鳞片或丛毛。

蝴蝶白天飞行，有棒形的触角；降落时，一般将两片翅膀折叠在一起。在蛾蛹阶段或幼虫期，它们赤裸无壳，样子像是一滴非洲滴耳剂。

飞蛾夜间飞行，有鞭形或羽状的触角；降落时，翅膀张开。在虫茧阶段，包裹在蚕茧里面。

有些蝴蝶和飞蛾不符合这些规则，但是这种情况较为少见，一般我们可以通过触角的形状判断是飞蛾还是蝴蝶。

所有这些鳞翅类昆虫都由卵孵化而来，先是一只蠕虫、蛆虫或毛毛虫，然后是一只蛹或虫茧，最后变成有翅的生物。

也就是说，先是野兽，最后变成了美女。每一个昆虫必定有一段时间样子丑陋，然后大变样。

但是我必须告诉你童话故事所遗漏的一个真相，也许你已经猜到了。

那就是美丽的公主曾经也不得不过着野兽的生活,而且相貌粗鄙。后来经过奋力抗争,她才抵达人生的高潮,成功长出了翅膀。

玉竹①的铃铛花

我们出门去林间寻玉竹。

时值5月,于半遮半掩、不湿不燥之处,定能找见。

它在这儿呢!看那弯曲的树干上悬挂着长长的铃铛。挖出根,洗去泥,就能看到所罗门王的封印,这种植物也因此而得名。

其中的故事现在容我细细道来。

所罗门王"另具慧眼",也就是说他有法力,

---

① 玉竹为中文名,其英文名为"所罗门的封印"。——译者注

能看到别人看不到的东西,他的眼睛可以穿透石墙,可以看穿人的内心。所罗门王长了一双神仙耳朵,也就是说,他能听见从 A 到 Z 所有的声音;而你和我这样普通人的耳朵,只能听见从 K 到 Q 中间的声音。

所有活的、动的东西都会发声奏乐,所有盛开的花朵都会唱自己的歌儿。我们听不到,我们的耳朵太笨,但所罗门王就能听到。有一天,他走在林间,听到一首新的花谣,于是驻足聆听。那音乐非同寻常,其中有金色铃铛清脆响亮的伴奏声。

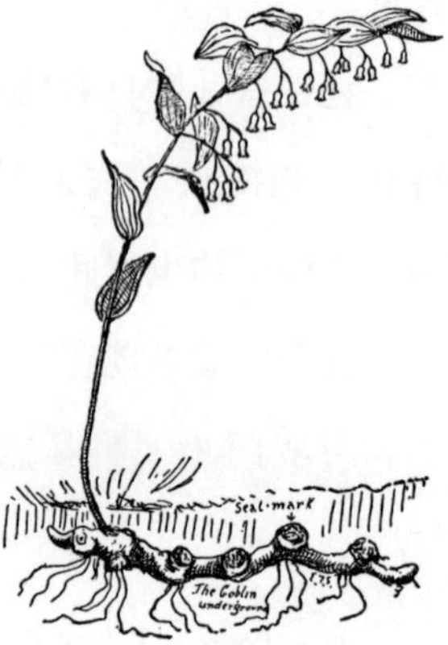

这位伟大的王来到岸边,俯身坐下。

他的神仙眼睛能够穿透地面。他看到那肥胖

胖、肉乎乎的根儿像个小地精，把长长的白手指伸进泥土，拣选出魔法水晶石①，然后放进口袋。

他还看见它那高大的树干，像一个树精，拿起水晶石，平摊在两只手上，这样就能尽享阳光和雨露。

他能看见水晶石幻化神奇的样子，像琥珀色的露珠，像新伐的木料，带着一种独特的气味。

不过这还没完工呢，他不知道未来它会练就出哪些能耐。那时候是春天，等到初秋时节，当人们借着明亮的月色收获庄稼的时候，这个小小劳工藏在地下的锦囊宝袋中又会新添一项魔法。

为了防止有人在它完工之前伤害它或者妨碍它的工作，所罗门王拿出他的印章戒指，在根上打上印记，这些印痕直到今天都还在。

---

① 古时候人们经常用水晶石治病、通灵、施魔法，认为水晶石里具有各种能量，能够迅速治愈疾病。——译者注

而且为了确保万无一失,他将金铃的钟声幻化成形,让所有人都能看见。玉竹花儿悬在那儿,好似一排叮叮当当的响铃。

但是所罗门王再也没有回来过,这件事儿不了了之,因为他得建神庙;而且他有很多老婆,占去了大量时间。

因而这个世界上一直没人知道这种植物具有怎样的魔力。不过,你尽可放心,现在还有玉竹,而且那串金铃编钟和所罗门王留下的印痕也都还在。

红三叶草的叶片上为什么有白点

从前有一只蜜蜂、一只虫子和一头奶牛,它们列队行进,来到铁杉林间凯丽妈妈①的宫殿,倾诉各自遇到的麻烦。

它们抱怨说,吃得不好,还吃不饱,路边长的那些东西它们已经吃腻了。

凯丽妈妈耐心地听它们讲完,然后说:"好的,你们的抱怨有些道理,这样吧,我给你们上一道新菜,名叫红三叶草。它的花儿里全是给蜜蜂吃的

---

① 凯丽妈妈是海上暴风雨和各种危险的化身,传说她能带来暴风雨,造成沉船事故,使水手葬身海底。——译者注

蜜，它的叶子是奶牛的草料，它的地窖里存有许多装满布丁的小袋子，是为生活在地下的虫子小兄弟们准备的一日三餐。"

这下蜜蜂、虫子、奶牛这群人可开心了，美美吃了一顿，因为到处都是这种新菜。

但是你懂的，奶牛很蠢。它们觉得这道新菜太好吃了，只要看到长着三片圆叶子的东西，就以为是红三叶草，一个劲儿地蒙头大嚼。很快有好多奶牛因为吃错草而中毒了，而聪明的奶牛根本就不会乱吃。

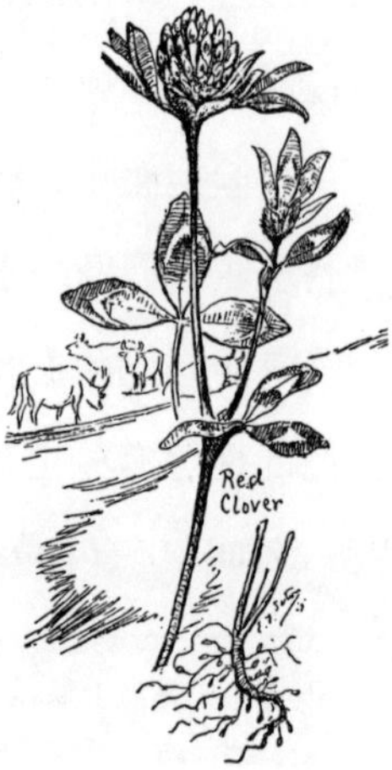

于是凯丽妈妈召来忙碌的布朗尼①，让他看着这些奶牛，免得它们误食毒草。

---

① 在故事中布朗尼指的是一种喜欢唱歌的灰麻雀。——编者注

刚开始觉得好玩儿，布朗尼干得起劲儿，这让他觉得自己很重要。

但是这个差事他干着干着就烦了，想去玩棒球。

他坐在一株毒蘑菇上，显得极其郁闷。他听见别的布朗尼玩球时大呼小叫的声音，这让他感觉更糟了。然后他听见喧声如雷，好多声音在喊"击中了一个全垒打！""击中了一个全垒打！"这声音闹得他心神不宁。

刚才他一直在用小刀削蘑菇凳的边儿，这会儿他把蘑菇头上的伞盖砍下了一大块，他给急坏了。

于是他起身对那些奶牛说："往这儿瞧，你们这些傻牛，我不能永远待在这儿看着你们不去吃毒草，这下我可要好好地大干一场。我会在所有那些能吃的叶子上盖个戳，你们看戳吃草就行了。"

于是他从他坐的那个蘑菇凳上取了一块，做了一个图章，给牧场上的每一株三叶草都盖了个戳，这样奶牛们就心里有数了，干完他就欢欢喜喜玩棒球去了。

凯丽妈妈听说了他逃工的事儿，非常生气。

她说："好啊，你这个坏蛋布朗尼，你真是不知羞，不过做个白色记号这个主意还不错，如果你去跑个腿，在全世界所有的三叶草上都打上这个记号，我就饶了你。"

这个活儿似乎永远也没个头儿，但是他必须得干，幸亏全世界的布朗尼都赶来帮他，否则他永远也干不完，最终他总算是交了差。因此现在每一片红三叶草的叶子上面都有一个箭头形状的白色标记，这是布朗尼留下的暗号，表示"可以吃"。

奶牛现在的日子越来越好，不过还是很蠢。它们啥也不想，只顾蒙头大嚼。花朵本来是属于蜜蜂的，也被它们吃了。为了防止食物被偷吃，蜜蜂只好嗡嗡嗡地大叫，还会在奶牛的鼻子上蜇一下。地下的那些乖乖虫子过得最开心，在那儿奶牛伤害不了它们，蜜蜂也无法靠近。它们饿了就吃，冷了就睡，过着它们自认为的好日子。

从此以后，除了奶牛和蜜蜂偶尔拌嘴吵吵架，它们全都一团和气、其乐融融。

酸溜溜的七姐妹

你沿着林子边疏木掩映的山坡一路看过去,或者干脆就在林子里找,准能看见酸溜溜七姐妹中的某一位。

她们的叶子有点儿像三叶草,只不过末梢有凹痕,而且没有布朗尼在三叶草上做的那些白色记号。

依照大多数学者的说法,她们是姊妹七个:五个是黄眼睛,一个是紫色眼睛,还有一个是镶血红色边儿的白眼睛。

她们的拉丁文名字是"醋"的意思,而希腊文名字的意思是"酸"。"sorrel"的本义是"小酸草",你看她们是一群出了名的酸姐妹。

只要吃一片她们的叶子,你就会点头赞叹,说这个名字取得真好,也会明白为什么药剂师要从这个家族中提取"柠檬酸"。法国人用这些酸姐妹做酸汤。

她们虽说不甜,却是林子里最美的尤物。

她们体态娇柔优雅,目若星辰。当夜幕降临时,她们垂下头,优雅地合拢双手,如玩累了的孩童般睡去。

精灵鸟儿,还是蜂鸟蛾

在我上学的时候,一群玩伴儿向我说了一件新鲜事,那天有只世界上最最奇特的鸟儿飞进了我们的花园,在花丛中飞来飞去。它很小,和大黄蜂差不多大。

他们说:"不是的!不是蜂鸟,小得多,老漂亮了。它来去可快了,根本看不清是怎么飞的。"

关于这只神奇的鸟儿,我猜来猜去怎么也猜不对,也不知道怎么给它命名,如果知道名字就可以顺藤摸瓜去书本里查找它的前世今生。

夏天过去了,又有几个同学看见了这只神奇鸟儿，又讲了一些关于它的故事，说它小得不可思议，而且习性神秘莫测。

他们说，它的身体像绿丝绒，脖子一圈像白锦缎；它的嘴很长，至少有两厘米那么长，扇形的尾巴上长着很多羽毛，头上顶着两根长翎。

"你从没见过那么小的脚。"眼睛又大又亮，似乎装满了人的智慧。"它就那么直勾勾地盯着你，好像一个小精灵在看着你。"

故事越传越神。我画了一幅素描，将玩伴儿所说的关于这只精灵鸟的所有要点都给画出来了。第一幅画展示了它的样貌，而且它的大小完全是依照同学们的说法画的。

我特别感兴趣的东西，我的那么多同学都见过，单

单把我给漏掉了，这似乎是一种残忍和不公。

再明显不过了，它绝对是一个仙子，一只精灵鸟儿，一位来自我日思夜想、深信无疑的仙境的神奇使者。

我的运气终于来了。一天下午，两个男孩儿冲我跑过来，大喊：

"来了，那只小精灵鸟儿，就在花园里的那株金银花上面。快来呀，快点儿！"

我赶紧跑过去，兴奋得没法说。太好了，它就在那儿，在盛开的花朵上盘旋，小得令人惊叹，嗡嗡嗡地张着一双雾色朦胧的翅膀摇摇摆摆。

我迅速地把我的捕虫网一挥，说来令人不可思议，竟然捞上了那只精灵鸟儿。

这时候我激动得浑身发抖，还带着那么一点儿邪念，我竟然胆敢用网儿捉小仙子，这可是天使呀。

反正我已经这么干了，看着网兜里的俘虏，我美滋滋的。

没错，眼前是它那丝绒般的身体和雪白的脖颈，扇形的尾巴，两根翎羽，一双又大又黑的眼睛。但这个小生灵不是鸟儿，它是一只昆虫！

这时候我依稀记起来，而且几个小时之后我明白了，正如我所担心的那样，我抓住的不是一个小天使，更不是小仙子。它不是别的什么，而是一只蜂鸟蛾，一种美丽的昆虫。

它在有些地区很常见，在有些地方不大常见，比如我们这里。

不过对于科学家来说它的名气可是大得很，而我们这群求知若渴的学生娃儿也从此把它记得牢牢的，再也忘不了。

车前草,外号"白人脚"

如果你生活在乡村或是小城镇,夏日里只消稍稍走上几步路,便能找到那种名为肋骨草、车前草或白人脚的植物。

如果你生活在大城市里,在任何有草的地方都能找到它,而且你一进郊区,就准能看见它。

它长在任何能见到阳光的地面上,它为世人所熟知,是因为有强健的肋骨,撕开它的叶片,会看到每根肋骨里面都有一条线。

印第安人称之为"白人脚",并非因为它的叶片宽大平整,而是因为它来自欧洲,是白人带来的。白人走到哪儿，它就长到哪儿，遍布了全美洲。

花匠把它当作杂草，嫌它烦，但是鸟儿爱吃它的种子，金丝雀也喜欢它。一株车前草一个夏天就能结出几千粒的种子。

到底有多少呢？我们来看一下！

从车前草上取下一根梗，你会看到上面密密麻麻地挂满了小小的花穗，就和画里那样。

数一下这些花穗，每根梗上有两百颗，每颗花穗里有五粒种子，也就是，一千粒种子；但是这种植物至少有五根以上的梗，有的比这更多（我眼前的这株有十七根梗）。

但是我们假设它只有十根梗，这样的话一株小小的车前草一个夏天就能结出一万粒种子。

每一粒种子都会长成一株新的车前草，如果车前草之间的间距与你的步距相同的话，这样一排小小的植物到明年夏天的时候就会变成近十公里长；也就是说，从纽约市的市政厅延伸到中央公园的末端。

到第三年，如果所有的车前草都足数地结籽，而且所有的种子都能够顺利长大，车前草的数量就会多到绕地球两圈不止。

难怪它已经遍布乡野。

颤杨的故事

图中标"a"的地方是颤杨的叶子。它的树干光滑，泛着绿色或白色，树皮上长着标记为"c"的那种黑色圆疙瘩。

农人全都叫它波波树或者白杨树，但是猎人却叫它颤杨。

得名"颤"杨是因为它永远都在晃动自己的树叶，一点点风就会让它的叶子沙沙作响。叶子随时都能动，这是因为每一个叶柄都像是一根绷得直溜溜、扁扁平平的皮带，而橡树之类的叶柄比较圆，不大会发出沙沙声。

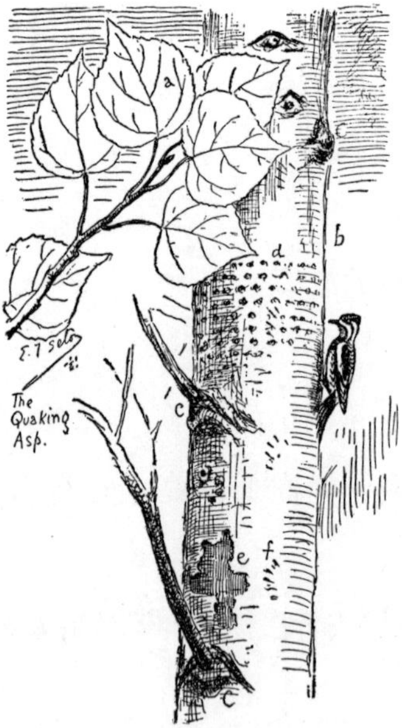

颤杨为什么要这么做呢?

不消说,这是因为在它生活的地方,有时候温热的尘土在树叶上落得很厚。

如果它不想办法抖掉尘土,叶子就会窒息并且卷起来,这样杨树就没法呼吸了,因为叶子是树的肺。

所以请记住,杨树发出响亮的沙沙声,是它在咳嗽,为的是清除肺里的尘土。

有些树想要隐藏自己所遇到的麻烦,尽快将伤口盖住;但是杨树的皮肤一碰就会起反应,一旦受伤，伤疤会留一辈子。

因而，我们可以任意找一棵杨树，让它给我们讲一讲它的故事。

这张画里就是一棵杨树。树杈（c）处黑色的斑斑点点是生长过程中结的疤。

那些条状的小圆点（d）是啄木鸟强抢它的汁液留下的伤痕。

那些光溜溜的地方（e）表明有一只红松鼠咬去了外面的那层树皮。

如果有只浣熊爬到了树上（f），或是哪只昆虫钻进了树干里，我们肯定会看见它们在敏感的树皮上留下的记录。

现在，最后说一句，印刷这篇故事所用的纸张有可能就是用杨木造出来的。

森林女巫和泥花生

从前有一个富家小男孩,他对城市了如指掌,关于乡野却一无所知。

他外出远足,走进一片荒野,迷了路。他绕来绕去一整天,又累又饿。

太阳快落山的时候,他来到了一条小路上。他顺着小路走,来到了一个小木屋前。他刚一敲门,一个老太太就把门打开了。

他说:"求您了,夫人,我迷路了,饿得很,您能给我一点儿吃的吗?"

老太太目光敏锐地打量了一下他身上穿的衣

服，知道他是有钱人。

于是她说："穷人聪明，在乡间林野能把自个儿照顾好。他们迷不了路的。但你们有钱人是傻瓜，请你走开。"

"好的，我走，不过你得给我点儿吃的。"他回答说。

然后老太太说："听着，傻少爷，眼下林子里有位朋友，就在你身边，她给穷人管饭，也许会给你吃的。她高高瘦瘦，褐紫色的眼睛，绿头发，这下你该知道她是谁了吧。她一只手有五根手指，另一只手七根。

"她家在那片野蔷薇丛里；她爬到屋顶上，整天站在那儿，双手挥来舞去的，

在林间发言时老是扯着嗓门喊：'我家地窖里全是椰果。'赶紧去找她吧，没准儿她会给你吃的。她一直在给我们这些穷人管饭呢。"

说完女巫砰的一声关上了门。

男孩儿头脑发蒙。他半信半疑地站在那儿，这时候一片嘈杂声，他的伙伴们赶来了。

他所需要的食物和安慰，他们全都给他带过来了。

然后他说："林子中的那个老女巫说有位紫色眼睛、绿头发的女士，我想知道这是怎么回事。"于是他又回到那间小木屋，开始敲门。

那个老太太过来开门，看见周围有好多人，可把她吓坏了，因为她知道自己先前的态度不好。

男孩儿却开口说："奶奶，现在您不用怕，我是想请您领我去见那个有七根手指和满窖椰果的朋友。"

"我可以领你去，但你得保证不伤害我。"她回答说。

"当然啦，我保证。"男孩儿回答说。

于是森林女巫一瘸一拐地走到最近的那片灌木丛，那里有一根拖得老长老长的绿色藤蔓，它的茎上有时候长着五片小叶子，有时候是七片。

老奶奶指着它咯咯一笑，大声地说："看看，看看，这就是那位夫人。看那只手上有七根手指，这只手上五根。现在顺着她的脚往地底下挖。"

他们挖了挖，看到一串一串可爱的棕色果子，有核桃那么大。

"看看，看看，"森林女巫轻轻一笑，"这就是地窖里的椰果。"

快去找它，你们这些山林高手。

在美洲东部所有的地方，每片林子的边上你都能找到它。它的花像是一颗紫棕色的甜豌豆，整个夏天一直都在开花。

顺着它的藤蔓,挖出几个土豆或花生,试着吃一下,生吃、煮熟了吃都可以,或者你可以把它们做成印第安蛋糕来吃,把它们洗干净,切成片,风干,捣碎弄成粉,然后做成一个蛋糕,做法和用燕麦粉一模一样。

野生动物爱吃它们,印第安人爱吃它们,这也是森林女巫的日常主食。书本里称之为泥花生或沼地土豆。这是乡野林间的第三个秘密。

一只兔子的人生故事,由本人亲手所书

没错,这只兔子用地球上最为古老的书写形式,即他的脚印,亲手写下了他自己的故事。

1885年2月,小雪后一个清晨,我徒步穿越多伦多以北的那片森林,碰见了一样东西。于是停下查看,原来是动物刚刚留下的痕迹。

这是一只棉尾兔的足迹,曲里拐弯的。我激动不已,饶有兴趣地顺着痕迹往前走。

足迹始于一丛灌木林(a);有个黄叶子做的窝,表明下雪前兔子就住在这儿。

雪停后,他从这儿(b)跳了出来,足迹非常

清晰,他坐着四处张望。

你看,他的后腿留下了两道长长的印记:前面是他的前足,留下了两道短印;后面的印记是他的尾巴弄出来的,表明他正坐在自己的尾巴上。

然后他发现了什么让他警觉的东西,急匆匆地、飞快地跑开(c),因为现在他后腿的印迹在前腿的前面。和大多数腾跃留下的印迹一样,跑得越快，后腿的落点离前腿也越远。

你看他现在东躲西藏，在林间左右乱窜，似乎在奋力避开某个可怕的天敌（c, d, e, f）。

但是这个天敌是谁呢？

没看到别的痕迹，他还是在一个劲儿地乱窜。

我开始觉得这只兔子是疯了，他在逃离自己臆想出来的某个死对头。

我此刻看到是三月疯兔[①]留下的足迹吧。可是在"g"这个位置我第一次发现了血迹，有那么几滴。

这告诉我兔子的确是身处险境，但是关于危险源，没有给我任何线索。

在"h"这个位置我发现了更多的血迹，在位置"j"我吃了一惊。在那儿，兔子足迹的每一侧都

[①] 每年3月，野兔发情，行为表现不正常。——译者注

清晰可见手指状的痕迹。

我一下子反应过来,这是大型禽鸟的足迹。

这只兔子正在逃离大雕、老鹰或者猫头鹰的攻击。

向前20米左右,在"k"的位置,我发现了这只倒霉兔在雪中的残骸,已经被吃掉了一些。

这时候我知道不是大雕干的,因为雕会把兔子的尸体带走,不会在那儿吃。所以,这肯定是一只老鹰或者猫头鹰。

我找寻能够告诉我答案的证据,果然找到了。

在兔子残骸的旁边有巨大的双趾印(1),这告诉我一只猫头鹰曾经在这里逗留,因而他就是凶手。

如果是老鹰的话,应该是左下角的那种印记,三趾在前,一趾在后,而猫头鹰通常将脚趾两个放在前面,两个放在后面,如图所示。

那是哪种猫头鹰呢？那个山谷里有两三种呢。

我想知道得更确切，便继续寻找证据，在一棵树苗旁边发现了一根又大又软、轻飘飘的猫头鹰的那种羽毛（m），上面有三条棕色横纹。这明白无误地告诉我，不久前有只横斑猫头鹰或者森鸮在那儿停留过。

几乎可以肯定地说，他就是杀死棉尾兔的凶手。

这听来像是动物世界里的福尔摩斯侦探故事，以周遭的环境作为证据，不足为信。

但是就在我提笔记录的时候，一只鸟正好穿林飞过，不是别人，正是猫头鹰本尊。

无疑，他是回来继续进餐的。他落在我头顶上一个将近有三米高的树枝上，由此向我完美地证明了，我在雪地里搜集到的跑痕和足迹准确无误，其效果仅次于现场的目击证人。

那时候我没有相机，不过我有素描本。猫头鹰坐在那儿，我趁机画了一幅素描，时至今日一直挂着。我将有些画作视作无价之宝，这便是其中之一。

好了，这是野生动物生活中的一幕，没人看见，也没人看得见，因为如果有人在场，就没这回事了。但是我们知道这个故事是真的，因为这是由兔子本人亲手所书。

若你有只慧眼，定能读到许多离奇刺激的往事，有人会以这种方式为你写在雪里、泥里、砂石和尘土里。

祁和平　译

开垦地的生活

——唤醒母羊的本能

我的父母在安大略省一个叫林赛的小镇上有座农场，我在那儿长大。全家赖以生存的生活物资都产自农场。

那是1867年的春天，农场里已经养了牛和马，又新添了一只公羊和五只母羊。它们迥然不同的鲜明个性，深深印刻在我们这些孩子心中，现在想起，依然记忆犹新。

我们兄弟间一直以来有个约定俗成的规矩，就是凡事都要通过"孩子会议"来决定。就拿这些羊来说吧，我们可以宣布其中某只羊是自己的，然后就有了给它起名的特权。

个头最大的那只母羊长着一身漂亮的羊毛、粉色的耳朵和鼻子,归哥哥乔治所有,乔治叫它"罗西①"。

还有一只母羊,黑黑的眼睛,黑黑的鼻子,说不上好看,"孩子会议"草率地决定把它分配给我,连名字都给定好了,叫"娜妮"。

唯一的公羊,没有犄角,长得很漂亮,有个与众不同的、圆圆的大鼻子。它没有经过什么会议程序,直接被分配给了我的一个哥哥,取名"杜克②"。理由是它的鼻子长得恰好跟人们熟知的惠灵顿公爵的鼻子极其相似。杜克总是不知不觉地被当成外来者,显得很孤独。

我每天阅读《圣经》,那里面提到,新生命是

---

① 罗西(Rosie):女名,有粉红色的含义。——译者注
② 杜克(Duke):名字,同时也有公爵的含义。——译者注

从母亲肚子里出来的。在早春,母马、母牛和母羊的肚子会变得圆鼓鼓的,但躯体表面凸显的骨骼轮廓又表明它们并没有长胖。

那时候我才七岁,但已经懂得肚子里有孩子和长胖并不是一回事。不过,我对孩子究竟是怎么生出来的还不太清楚,隐约觉得无非是肚皮上开个口子,里面的小家伙就会先把腿伸出来吧。

那年春天,当我站在牛妈妈旁边,第一次目睹小牛犊出生的全过程时,我震撼不已,我甚至还看到了脐带是如何被剪断的。

在后来的日子里,接连发生的生物学上的"奇观"更是为我打开了另一个世界的大门。

一天,羊群中唯一属于我的母羊娜妮遇到了麻烦,谁都能一眼看出来是怎么回事。它横躺在仓房的院子中央,大口大口地喘着粗气,四肢不时抽搐,看起来痛苦不已。

农场的工人说:"娜妮这是要生了,可又生不出来。"母亲听说了,赶快来到院子里,叫我们这些孩子走开。我们出了院子,从栅栏后面好奇地偷看着。为了给娜妮助产,经验丰富的母亲使出了浑身解数,但都无济于事。

娜妮的身体每二十分钟左右就会抽搐一阵子,圆圆的大肚子似乎一直在向后坠,但无论人们怎么帮忙,它还是生不出来。娜妮就这样躺了很久,痛苦地喘着气。再这样下去,它恐怕真的要死了。

一名叫拉里的爱尔兰工人大喊道:"如果我们再没有什么好办法,娜妮恐怕就真活不成了!"

父亲问:"那怎么办?附近有谁知道该怎么做吗?"

拉里立刻说:"有!我知道有个人很厉害!叫泰利·麦格拉斯,他在爱尔兰养过羊,羊的事儿,没有他不知道的!"

我记得当时跑去找人的是哥哥哈里，泰利的小木屋离农场大约有半英里。为了不让我看见生小羊的场面，大人们让我跟着哥哥一块儿去。

当时的情景，我现在还记忆犹新。老泰利有一双混浊的眼睛，他一边叼着烟斗抽烟，一边听哥哥和我说明情况，回答我们问题时就把烟斗从嘴边拿开。他毕竟上了年纪，下巴底下堆着两条松弛的赘肉，只要一说话，赘肉就跟着晃来晃去。

"该生了，却生不下来？嗯……那样的话，你们俩一人抱住它一条前腿，让它前腿跪着别动，后腿立起来，保持它的身体前低后高。找一个人站到它身后，然后就等着下次阵痛吧。"

泰利说完又叼起了烟斗，我们两个赶紧跑回农场，按照泰利说的办法去解救处在水深火热中的娜妮。我们紧紧按住娜妮的前腿，它无力地反抗着。

阵痛果然又发作了，几乎是同时，羊宝宝从后面像大炮发射一般飞了出来。那股力量实在太剧烈，连脐带都挣断了。然后，我们松开娜妮，让它躺下休息。

战斗终于结束了，我们胜利了。难产的原因也找到了。可能由于羊宝宝的体位不好，也可能因为娜妮吃得太饱，分娩产生的痉挛把胃和肠子向骨盆处挤压，堵住了产道。

我们按照泰利说的，把娜妮的前腿放低，屁股抬高，胃和肠子就会向前移动。这样等到再阵痛的时候，羊宝宝自然就出来了。当然，这些原理都是很久以后我才总结出来的！

我们给娜妮喂水，它高兴地喝了。过了一小时，娜妮自己站了起来。又过了一小时，羊宝宝也站起来了。

这时又出现了新情况。羊宝宝想靠近娜妮触摸它，很明显是想吃奶了。是啊，羊妈妈也该管管羊宝宝了。然而，刚当上母亲的娜妮闻了闻羊宝宝，轻轻踢了它一脚，然后从它身边走开了。

我们的爱尔兰工人拉里大声喊道："它不肯喂自己的孩子！"

父亲问那该怎么办呢？谁也答不上来。

我们觉得还是应该求助经验丰富的泰利，于是又去找他。跟他说完情况，泰利有些疑惑地问：

"你们是不是用手摸了羊羔啊？"

"是啊。我们小心地把它擦干，还给它按摩了。"

"你们这群笨蛋！不能那么做。它不喜欢你们手上的味道，它不认自己的孩子了。"

"啊？我们真不懂啊。现在该怎么办？羊妈妈如果不肯喂奶，羊宝宝就活不成了。"

泰利把嘴里的烟斗拿开，咳嗽了好一阵子，终于吐出一大口痰，又好一番叮嘱：

"给母羊喝水，直到它喝不动了为止。别给它任何吃的——它现在也吃不下。用锋利的小刀在母羊耳朵上划个小口,用手蘸一点儿血涂到羊羔身上;在母羊鼻翼上也割个小口,让它感觉到自己在流血。再带条狗过去,让它看见狗、闻到狗的气味。最后你们模仿羊羔咩咩叫几声。"

我们把泰利的话当成医生的处方归纳了一下,当时他不见得是完全按这个顺序说的,不过我们照他的话不折不扣地执行了。回想起来,那个情景仍然历历在目。

鲜血从母羊的伤口流下来,狗的出现引起了它的警觉,抹在羊羔身上的鲜血和羊羔的叫声吸引了母羊的注意,这一切唤醒了它的本能。

到了夜里,小家伙终于吃到了羊妈妈的奶。吃着吃着,羊宝宝贴着羊妈妈睡着了。

应中元　译

家养动物的野性

狗为什么摇尾巴

狗为什么摇尾巴?

这并不是一种漫无目的的动作,而是它们代代相传的一种古老的暗号,跟人类挥动白旗传递信息的旗语有相似之处。

这样说的依据来自狗的毛色搭配。只要身上有一点儿白毛的狗,尾巴尖就一定是白的。即使那些全身都是黑毛的品种,尾巴尖也会掺杂少许鲜亮的白毛。

我们由此推断,狗的野生种祖先尾巴尖上也带有白色的斑纹。狗的野生种祖先体形较小,毛发呈淡黄色，眼睛上方有浅色的斑点，它实际上是一种豺。

假设野生的豺狗发现一只陌生的动物靠近自己的栖息地，它的第一反应会是蹲在草丛中把自己隐蔽起来，然后仔细地观察对方——毕竟在野生动物的世界里，陌生的动物几乎都是敌人。

陌生的动物越走越近，蹲在草丛中的豺狗认出对方是自己的同类，那就没法把对方当成猎物了，说不定还要当朋友。

对方逐渐靠近，躲藏已经行不通了，不如先下手为强，给对方留下个好印象，说不定能化干戈为玉帛。

于是，第一只豺狗站起来，把四肢伸直，站得尽可能挺拔。它小心翼翼地挪动着因紧张而僵硬的四肢，慢慢走近对方，它的气味腺释放出它特有的气味，随风飘散开来。

第二只豺狗同样伸直四肢高高地站直，摆出一副魁伟的样子。虽然双方都有犬牙等身体利器，但都不打算使用，互相传递着和平共处的意愿。

它们也许是势均力敌的强者，但是双方都没有摆出要攻击的架势，而是平静地喘了口气。

第一只豺狗由于没有发现对方的威胁，此外自己也希望和睦相处，于是高高地抬起尾巴，让对方看到尾尖的白色斑纹，并左右摇摆尾巴。

见此情景的另一只豺狗也不希望引起战争，于是同样高高地抬起尾巴左右摇摆进行回应。就这样，双方宣誓互不侵犯，现在它们就是朋友了。

通过摇尾巴来传递信号的行为从很久很久以前就在野生环境中不断发生着，直到现在，你依然能每天看到狗狗们在街上传递着同样的信号。

动物的保护色和标记

第一次世界大战中,美国士兵在法国前线作战时穿的军装颜色和周围环境的色调非常接近,所以,士兵一旦俯卧在地面上,就会和环境融为一体,很难被敌军发现。

但是每个士兵都要佩戴代表自己所属国家和军队的徽章,必要时还要出示挂在脖子上的身份牌。

用于隐蔽身形的军装和用于证明身份的标记,这两种截然相反的理念恰恰诠释了绝大部分野生动物身体颜色和花纹的功能。

举例来说,大部分野生动物的标记都长在身体的醒目位置，便于让远处的陌生动物看清楚。野狗的毛色是枯草的淡黄色，这是它的保护色，只要它蹲在草丛中就很难被发现；而与此相反，它的标记——眼睛上方的斑点、白色的嘴唇还有白色的尾巴尖，能在必要时高高抬起，用来吸引对方注意。

那么，野生动物的身份牌在什么部位，又是什么样子呢？动物的身份牌和我们眼睛所看到的士兵身份牌截然不同。

要知道，视觉是我们人类最发达的感官，而嗅觉才是狗最信赖的武器。

如果狗的眼睛告诉它，"情况是这样的"，狗会认为"大概如此"；但是，如果狗的鼻子告诉它"的确如此"，狗就会对这个结论确信无疑。

在狗的世界里，眼见是虚，闻到为实。

不仅狗是如此，这种倾向在进化水平不如人类的动物世界里广泛存在。人类曾一度也拥有非常敏锐的嗅觉，不过显而易见，当人们住进城市的公寓楼之后，就放弃了敏锐的嗅觉，从而屏蔽过量的气味信息，维持正常的生活。

嗅觉对狗和其他所有野生四肢哺乳动物的意义都广泛而深远。我们只有时刻牢记嗅觉和味道的力量，才能充分理解野生动物的行为。人类通过眼睛辨认的东西，狗则是完全通过嗅觉来完成的。

在此基础上，自然界形成了一个通过气味识别身份、通信联络的庞大系统，那就是气味标记和气味的"无线电话"。

犬类的无线电话

犬类身上分布着许多气味腺,其中最重要的是靠近尾巴根部上侧的尾腺,那里通常长着深色的毛,很容易发现。犬类动物无一例外都有尾腺,这就像是用来识别它们的身份牌。

当狗或者狼遇到不认识的同类,它们既想保持中立的态度,又想告诉对方自己是谁,这时它们就把尾巴抬起来,把尾巴尖也就是传递旗语的部分垂下去。尾腺周围的毛发分开,邂逅产生的激动情绪刺激尾腺分泌出一种气味,在空气中自由地挥发,传到对方的鼻子里。对方仔细地品味那种"芳香",

并由此充分识别眼前的陌生动物的身份。

第二个重要的气味腺是位于身体深处的"第三小胞腺",这个腺体的分泌物和肾脏分泌的尿液一起排出体外。

在我们的眼里,没有两个看起来一模一样的人;动物也是如此,没有两只动物的气味腺能分泌一模一样的味道。它们的气味可能有共同的特征,但每个个体的气味差异却非常明显。不仅如此,就像我们能用眼睛或多或少观察出别人的身体和情绪状态一样,动物腺体分泌的油脂也随着它身体状况的变化而变化,向别的动物传递着关于它的各种信息。

一只狼在岩石和树干上发现别的狼留下的腺体油,它能通过那个气味马上得出很多信息,比

如那只狼是敌是友，是公是母，身体健康还是抱恙，饿着肚子还是吃饱了，心情愉快还是正被追赶，等等。从气味的强弱可以判断标记是什么时候留下的，是刚刚的事还是已经过去好几天了。此外，根据留在爪印上的气味可以判断那只狼从哪里来，往哪个方向去了。

这种承担着重要作用的设施被称为自然界的"信息站"，为了让它发挥最大的作用，信息站之间要间隔适当距离，要为使用者所熟知。

通过对大草原的无数次观察，我可以断定，狼群会在它们生活的整个区域布置它们专属的"信息登记站"或者"气味通信中心"。每隔大约一英里，就有一块高大的岩石、一个古代留下来的野牛头盖骨或者一个篱笆桩被当作记录信息的既定地点。

每只狼，不论它是为了寻找食物而四处徘徊还是仅仅是在旅途中路过，都会到访沿途的信息站；只要稍微闻一下味道，狼就会获取之前的狼留下的大量信息——哪怕你我亲眼看到那只留下标记的狼，都无法获得它那么多信息——它马上就会知道，最近是否有别的狼来过这里，是自己认识的朋友还是敌人，是雌性还是雄性，等等。如果之前的狼留下了食物充足的信号，又是从北方过来的，那么饥肠辘辘的后来者就得到了去哪里寻找食物的有用信息。

狼访问信息站，和人类每隔一段时间就要去一回俱乐部的行为非常相似。

人会到前台粗略地扫一眼访客记录，登记自己的到达时间和目的，然后再认真浏览一下前面的访客写下的内容，找出自己的熟人和朋友的记录，留意他们的到访时间，等等。

在大草原上，一只狼小跑着来到一个信息站，大致检查一下，然后留下自己的标记（如果是母狼，会把标记留在附近的地面上）。接着，它开始进行更充分的调查：有时会发现敌人留下的记录，那么它就会发出咆哮，同时用后腿使劲儿刨地面，背上的毛发倒竖；有时会发现去哪里寻找食物的提示；要是看到了母狼求偶的信息，这件事就会立刻占据公狼的全部心思，其他的需求就都要靠后站了。

接下来说说我们人类的朋友——狗。我们观察狗的日常习性，就会发现它具有与狼相同的情绪和需求。

城市中的狗对电线杆情有独钟，这跟狼访问信息站的习惯如出一辙，只不过，由于城市生活的单调，让狗对电线杆倾注了过多的关注。

如此看来，任何动物的习性都不是一时兴起和偶然产生的。所有习性的背后都有其存在的理由——古老而具有说服力的理由。

狗一直保持的野性

野狗平时如果困了,就会就近找个地方睡觉。背上的皮毛就是它的被子。它会选择一个干燥、有遮挡的地方,然后原地转三圈,把草弄平整,并把树枝和小石子之类的挪开。

而它那在城里长大的表兄弟直到今天也是这样做的,无论是住在地板上的斗牛犬、看家护院的藏獒,还是在丝绸的垫子上被娇生惯养的松狮狗,都是如此。只要一到睡眠时间,它们都会原地转上三圈,然后倒头便睡。野狗会把鼻子和四只脚掌缩在一起——这是它仅有的没有毛发覆盖的地方——然后用毛茸茸的长尾巴包裹住。

　　松狮和藏獒同样也会这么干，它们可能需要盖上尾巴，也可能不需要，也或者尾巴太短不顶用，但它们同样恪守着祖先传承下来的习性。如果小猂犬没有用自己摇来摇去的尾巴遮住鼻子，那是因为尾巴已经被割掉了。

　　如此看来，不仅是狗，每种动物的习性都有各自的历史渊源和形成原因。不过，狗的习性中，却有几处是博物学家绞尽脑汁都无法解释清楚的。

　　为什么狗会对着月亮吠叫？我有时也心存疑惑，狗真的是对着月亮叫吗？它们确实会在有月亮的晚上嗥叫，但它真的是对月亮叫的吗？狼也会在月夜嚎叫。

　　我有时想简单地解释为，晴朗的夜晚适合狩猎，不管是狗也好，狼也好，都在唱它们种族激动人心的狩猎战歌。

狗为什么听到音乐就嗥叫呢？肯定不是因为它讨厌音乐——如果讨厌音乐，直接走开就是了，可是它没有。相反，它加入了音乐，乐在其中，还想要尽可能参与一下表演。

下面是狗的生活习性中最让人感到困惑的谜团——为什么一只养尊处优的纯种狗，甚至是住在丝绒垫子上获得无限宠爱的松狮狗，也会不顾一切地扑到最肮脏的腐肉中打滚，为什么它们偏偏钟爱扑面而来的、令人作呕的臭鱼味？

无论怎样惩罚或调教，甚至使用诱导剂，都无济于事，没有什么比这难以言说的臭味更让它们为之疯狂了。那种臭味对于我们这些嗅觉迟钝的人类而言都格外难闻，那么，对于狗拥有的无与伦比的灵敏的嗅觉而言，那究竟是怎样的体验啊？

那也许是一场狂野的放纵、酒神的狂欢。没错，狗的反应一定和我们的感受有很大不同，以至于有人称之为"激情的味道"。

这种恶臭的效果可以在实验室模拟出来。把几只蚯蚓装进瓶里,放在阳光下暴晒一个月左右,让它们彻底腐烂。把它们当作模拟饵料,居然意外地成功诱捕到了狼和其他嗅觉至上的动物。

这种"为臭疯狂"的行为目前只有唯一一种科学解释,那就是臭味在某种程度上唤醒了动物无法压制的"性本能"。

动物的法则

我们今天普遍接受这样一种观点：进化是创造的过程。这样说来，我们人类现在的形态和我们所拥有的一切都是进化的产物，而且进化还在继续进行中。如果我们想寻找文明的起源，就必须追溯到比人类的诞生更早的年代。

《摩西十诫》被认为是人类文明的准则，其中的四条戒律规定了人类对神的态度、和神的接触方式，没有提到那些被人类视为低等的动物；但是，其他六条规定人对他人的责任的戒律，对其他动物广泛适用，因为它们的起源比人类更早。

这六条戒律强调服从权威、所有权不可侵犯、婚姻的神圣性、生命的神圣性和真理的神圣性，而第六条就是对其他戒律的总结。

从古至今与人类的接触，一直对野生动物的道德造成不好的影响。野生动物的很多良好的行为，都被驯养的家畜遗忘了。但是，所有权的法则被完好地保留了下来。

下面介绍的狗的行为就是一个很好的例子，可以作为代表动物与人类关系的一个典型。

动物的所有权

动物的所有权意识,除了对配偶和孩子,再就是表现在食物、领地和巢穴上。

我们在野生动物身上还能看到一些更细化的所有权行为,但是被驯养的家畜已经丢掉了这种习性。

如果你想观察狗对所有权的本能反应,只需要在它不饿时给它一块大骨头就可以了。这个实验,我反复做了很多次。

有一个典型的实验是在密歇根州的贝托斯基完成的,实验对象是因纽特人的五只大型雪橇犬,它们实际上有四分之三狼的血统，野性十足，但已经习惯与人类相处，我因此得以靠近观察。

五只狗中有一只是它们的头领，它气场强大，行事随心所欲。

其中一只个头小很多的小狗会刻意跟头领保持距离。

当小狗独自来到我帐篷旁边时，我先让它饱餐了一顿，然后又给了它一根大骨头，那上面还有很多肉，看起来很有诱惑力。

这只小狗做出了任何一只野狗都会做的本能举动——它没有表达感谢，而是叼起大骨头，跑向一百码之外的沼泽地，把骨头藏起来留到雨天再吃。

它先在地面上刨了个坑，把骨头放进去，然后用鼻尖儿把土扒拉回来埋上，同样用鼻尖儿把土的表层压实了。这些动作都没有用腿。

然后，它抬起腿，往埋着骨头的地方浇上含有气味腺分泌物的尿。

那就是它的所有权标记。靠近此处的所有野生动物都会读懂它的意思，而且，只要它们不是特别饥饿或者故意挑衅，都会尊重所有权标记，不去碰这块骨头。

小狗最担心的就是它们的头领一定会发现骨头。

头领那灵敏的鼻子一直没闲着，一定发现了附近有食物。

实际上，头领正在用鼻子嗅着突然飘来的微弱的骨头气味儿："在哪个方向呢？是这边，还是那边呢？"而且它正在逐渐靠近小狗埋食物的地点。

小狗藏在茂密的草丛里，不安地观察着它们头领的动静，这时头领距离埋食物的地方只有十英尺远了，看来它已经知道食物藏在哪里，找到只是时间问题。小狗在头领似乎发现食物埋藏地点的瞬间，一下从草丛中跳出来，三跳两跳就跑过去，站在埋骨头的地方，竖起背上的毛，露出牙齿，对头领怒目而视。

如果是平时，面对头领，小狗早就吓尿了。但是站在自己的食物储备上面，它的态度变得不一样了。

它清晰的叫声传递着明确的信息："这是我的骨头，是我藏在这里的，它打上了我的气味标记，想拿走骨头，除非从我的尸体上跨过去。"

你看头领是怎么做的。

它伸直四肢，高高地挺起身子，低沉地咆哮着，它轻蔑地用后腿刨着地面，龇牙叫了一声。

如果翻译成人类的语言，大概是这个意思："哦，是吗？谁稀罕要你的臭烘烘的骨头啊。"

然后它慢慢后退，往远处的树干上撒了一泡

尿，留下气味标记就跑开了。

上述狗的行为说明动物世界也有无论强者弱者都必须尊重的所有权法则。

"这个骨头是我的"，只要意识到这种权利，即便是小狗，在面对平时让它恐惧不已的强大同类时，也会毫不退让，强硬到底。

绵羊——养在仓房院儿里的大角羊

今天我们看到的家畜绵羊，大概是亚洲野生大角羊的后代。它们的毛和所有野生的大角羊相同，上层长毛粗糙耐磨，用来保护身体提供缓冲；底层绒毛纤细浓密，用来保暖。

通过育种和筛选，人们培育出了一种家畜绵羊，这种绵羊不长粗糙的长毛，只长浓密的细绒毛。但有时候，在有些培育出来的绵羊身上，长毛还会再次长出来。

野生的大角羊作为家畜绵羊的祖先，生活在平坦的高原草地上，一旦遇到狼群等天敌的追赶，就会爬到岩石上保护自己。崎岖的岩石群是它们的表兄弟山羊平时住的地方。

到了交配的季节，两只雄性大角羊就会在平地上迎头撞击搏斗。它们各自后退五十英尺或者更远一点儿，然后开始向对方冲撞，而且是正面冲撞，头和角碰撞在一起，这种体重和力量的较量促使大角羊形成了极为强壮的犄角和脖子。

野生的雄性山羊在争斗时，由于到处都是岩石，它们没有后退再冲锋的空间。在狭窄的岩石平台上，它们犄角和犄角碰撞，互相纠缠在一起，试图把对方摔进下面的万丈深渊。所以，山羊练就了坚韧的犄角和惊人的摔跤能力，甚至用一只蹄子就能完成转身动作。

时至今日，绵羊和山羊仍保持着从前这些古老的习性。

牛群的社会法则

我们的家畜之一——长着犄角的牛,是曾经生活在欧洲森林和草原上的野牛的后代。虽然它们身体的颜色各异,但大多是褐色为主,脸部和四肢颜色较深,腹部为白色,前额有白色的星印。其他特征和北美大草原上的长角牛很相似。

野牛群虽然由一头上了年岁的母牛带领,但指挥者是一头大公牛。母牛在生小牛犊时要离开牛群,牛犊生下来两三天,能跟着母牛行走了,它们才会回到牛群里。

野牛的主要天敌是狼。牛群中如果有一头牛被狼攻击，其他同伴就会聚集起来保护它。但是，如果出现负了重伤的牛，牛群的态度就变了，它们会赶走伤者，任它自生自灭。

因为，如果把受重伤的牛留在牛群里，就会成为诱饵吸引所有天敌的进攻，给更多的牛带来生命危险。

这听起来好像过于残酷，但是牛群的原则是集体优先，也就是说，对牛群而言，首要义务是保护牛群的安全。

直到今天，我们都可以从家养的牛身上看到它们流传下来的习性。

狗最能让母牛焦虑不安，因为它就像是畜栏里的狼；而让公牛狂躁不已的则是其他同类的血腥味。

猫仍然是野生动物

众所周知,在所有家畜中,野性保持得最好的是猫,它直到现在仍然过着与它的野生祖先——生活在尼罗河上游的利比亚山猫——几乎一样的生活,只是道德的层面有所不同。

遗憾的是,人类对野生动物的驯养总是导致它们道德的退化。

人类的驯养带来的另一个普遍的影响就是在很大程度上打乱了不同品种本来固有的体色和斑纹。

家养动物常见的斑点和毛皮浓淡不均、左右不对称的问题,在野生动物身上根本不存在。野生动物身体的颜色几乎是左右对称的，而且和周围环境完全协调。家畜猫有不少还保留着野生种原有的体色和斑纹，不过也有很多猫的配色和野生种完全相反。

至于利比亚山猫的毛色，是整体有些发黄的灰色，躯干上有小块的暗色斑点，脸上有条状虎纹，而且尾巴上有黑色的环形斑纹。

记得以前一位朋友说过："我的林子里有只野猫，它过的完全是野生的生活，每天都是自己捕捉猎物。而且还是只母猫，它用树洞做窝，在里面养了猫崽儿。"

我对朋友说："我能猜出来，刚才你说的母猫体色和斑纹是什么样的。"于是，我描述了家猫的祖先利比亚山猫的样子。听完，朋友说："你说的几个特征全都对，一点儿不差。"

在猫的各种习性中，有一个习性非常独特，难以解释，那就是它们常常把尾巴尖转来转去。比如，当猫匍匐着准备抓鸟儿或者守着地洞准备逮老鼠时，这个习性就会显露出来。

猫的体色和斑纹让它和地面融为一体，它的每个动作都经过精确计算，但它一直转来转去的尾巴尖看起来很容易惊动猎物，那之前所有的努力就付之东流了。

其实不然，尾巴这样的动作对它有很大帮助。

在草丛中匍匐而行的猫，其实是真正敏捷的猎手。地面上无论多么小的东西，甚至地面的凹凸不平，都可以被它巧妙地用来隐蔽身体。为了不引起猎物的注意，它会瞄准最好的时机快速行动，而且有体色掩护也难以被发现。即使被发现，也只会看见一团毛茸茸的东西，根本看不清是什么。

这时，另一只猫被这团毛茸茸的东西吸引，或者发现了就在眼前的可口猎物，准备开始行动，但还没等它走到跟前,第一只猫就会摇晃尾巴尖,发出信号:"别过来,我也是猫,别坏了我的事。"后来的猫收到信号就会躲起来,以免妨碍它追击猎物。

　　实际情况到底如何呢?所有的猫每天都在你身边重复着这样的动作,看起来除这个用途也没有其他更好的解释,那么请眼见为实吧。

马为什么能飞速奔跑

人们普遍认为我们的马是由两种不同品系进化而来。

一种是毛色发红的亚洲马,鬃毛短,后小趾处的毛浓密。它们是天生的战士,要不断面对天敌——狼的威胁,奋不顾身地战斗。雄马有着巨大的犬齿。

另一种,皮毛光滑、趾处短毛、肌肉发达,跑起来速度惊人。全身呈赭色,脊背上或前腿上有深色条纹。生活在北非或是亚洲西南部一带。这种马的天敌是狮子,快速奔跑是最主要的自保手段。只要感觉到附近有一丁点儿天敌的气息,它马上就会如闪电般离去。

迄今为止,我们人类见证了这两类马杂交生出来的各种马,有能闪电般飞速奔跑的马,还有即使面临战斗也跑得很慢的马。不同的个性反映出远古时代野马对待天敌的不同方式。

毋庸置疑,纯种赛马是用腿跑得最快的动物,速度确保了赛马的祖先的安全。而最适合快速奔跑的场地是高地平原。

由于受力方面的原因,脚上只有一只大脚趾要比有四五个小脚趾跑得快,所以马放弃了祖先们的多脚趾,为了追求速度而进化成了现在的单脚趾。

但是,事物总有正反两面性——马也因此失去了在松软、泥泞土地和沼泽上行走的能力,而这个国家有很多这样的地形。马的四趾祖先,和猪、长角牛一样,在沼泽地里如鱼得水,但对单趾马来说，这些地方就是名副其实的死亡陷阱。

时至今日，我们会看到牛群在低洼的松软的土地上兴高采烈地漫步，而马却犹豫不决、面露恐惧。

当我在西部赶着牛马群时，曾无数次看到类似的场景，斜坡上出现两条岔路，一条上坡，一条下坡，然后又会合在一起。

马，不论老幼、是否经过训练，都会选择干燥的上坡，而牛则会选择湿软的下坡。

实际上两条路没什么大区别，也没什么危险。

大概这就是它们各自的祖先在荒野漫游时遗留下的本能反应。

鸟类也有历史

当我们跳出野兽的领域进入鸟类的世界时,会发现一件有意思的事儿,在鸟类的世界里,野生习性会持续或是偶尔占据主导地位。

鸭子、鹅、火鸡、鸡、鸽子、珍珠鸡等都会下意识地告诉我们,它们其实是野生动物,只是被迫在农场里生活而已,而且它们随时准备着恢复野性,重拾祖先们的习性。

哪怕是羽毛中的一点点色彩,叫声中的一点点声音,还有脚和嘴的动作中一个小小的习惯,都在传递着野生时代的故事。

我们这一代人小时候都知道，如果母鸡从鸡窝出来溜达时看到了你，再想趁机跟着它找到鸡窝拿走鸡蛋是不可能的。因为一旦它发现我们，母鸡就不会再回之前的窝了，我们也就不可能拿到鸡蛋了。所以如果想要找到鸡窝，就只能找个地方隐蔽起来，偷偷观察母鸡。

一只由人类选择繁殖而培育出来的雪白的鸭子和它的雌性祖先一样喜欢在枯草丛里筑窝产蛋，然后蹲在蛋上一动不动，它始终以为自己身体的颜色和窝的颜色是一致的，不容易被敌人发现，所以和祖先野鸭一样选择了静止不动。但实际上，由于它全身雪白，非常显眼，即使不动，也会马上被发现。

鸽子是野生岩鸽的后代，它绝不在树上筑巢，而是会效仿祖先在岩石峭壁的凸起处和洞穴里筑巢的方式，在混凝土建筑的楼房上和桥梁上安家。

你是否看到过鸽子在空中被鹰追着到处躲闪逃

窜的情景？它突然俯冲，然后以肚皮几乎朝上的角度翻转身体，向出其不意的方向飞去，常常把鹰耍得不知所措。

你是否见过一群小鸽子在老鸽子带领下，学习这种空中翻转技巧的场面？

那么你就会意识到，人类就是通过选择繁殖那些最擅长这种野生飞行技巧的鸽子，培育出了翻头鸽。

最具野性的驯养动物

在所有具有野性的驯养动物中,行为最复杂、最有趣的是两条腿行走的动物,他们体形高大,身上几乎没有毛,头上长着长毛。他们既没有用来战斗的牙齿,也没有能用来攻击的爪子。他们生活在一层又一层,高高垒起的洞穴里。

让我给你展示一下他们十万年前的家庭生活是什么样的。

日出后不久,母亲怀抱着婴儿,从位于岩石丘陵最高处的洞穴中走出来。在她身后,磨磨蹭蹭地跟着两个孩子，一个十岁，一个五岁。孩子们因为没有食物吃，都很饿，一直央求着母亲："弄点儿吃的东西吧。"

一个孩子从岩石突起处拽下一张生皮子——这是他们的父亲从杀死的野马身上剥下来当篮子用的——抓住一头儿送到嘴边一口咬下去。母亲生气地从孩子手中夺下皮子，给了他一个耳光，让他走开。

母亲一动不动地注视着生皮子，然后轮番看着三个孩子，陷入了沉思。她的丈夫仍杳无音信，一去几个月不见踪影。她胡思乱想道："是不是在哪里死掉了？"

洞穴里的食物储备已经见底了。全家人都饥肠辘辘，烦躁不安。

附近倒是有不少动物，但都高大凶猛，棍棒和长枪都够不着它们，又没到采果子和摸鸟蛋的季节。

于是，她果断地做出决定：她要像她的同类自古以来无数次做过的那样——走向"母亲海",去接受丰饶之海的馈赠。

母亲又把生皮篮子拿在手里,抱起婴儿,叮嘱两个孩子:"跟着我走啊,你们要完全踩着我踩过的地方走。"

于是,她就这样光着身子,从布满岩石的丘陵上下来,身后跟着同样光着身子的孩子。

通往洞穴的是一连串崎岖不平的岩石阶梯,住在丘陵下面的大型野兽即使想攀登,也找不到立足点,而且由于季节和气候的原因,会害怕踩空掉下去。对洞穴的居民而言,这里就是最佳的住处——能够保证他们不被这些凶猛的野兽攻击。

对母亲而言,从岩石丘陵上下来,就意味着踏入了野兽的世界。

丘陵的底部是从悬崖上坠落的滚石和岩块堆叠形成的岩石带。

要穿过这里,有一条大家熟悉的路线,能够从平坦的岩石上轻松走过。

母亲非常清楚那条路线。她再次命令孩子们:"一定要完全踩着我的脚印走!"

还没有习惯长途跋涉的孩子们,跟跟跄跄地跟着母亲,喊着"好饿,好饿",有点儿跟不上了。但是,他们仍严格按照母亲的要求,小心翼翼地赤脚踩着母亲踩过的地方往前走,准确地踩在每块踏脚石的中央。

现在,已经能够看到远处草原上的毛发蓬松的野马群,大型野兽也进入了视线,还能看到耸立着长长犄角的驯鹿群。

在前面的云杉林里,毛发乱蓬蓬的乳齿象群在折着树枝。在岩石山上,黑熊挪开石头在挖洞。

这些野兽对洞穴人毫不理会,所以无须特别害怕,悄悄离它们远点儿就行了。

但是一定要注意，在云杉林边上有两三只毛色铮亮的灰狼。

母亲手里拿着结实的棍棒，十岁的孩子也学着她，五岁的孩子手里拿着一块大石头。三个人蹲下隐蔽起来，侧耳倾听着狼的动静。过了一会儿，从远方传来狼的嗥叫。

母亲手里拿着棍棒和生皮篮子，带领着孩子们走进横亘在他们与大海之间的茂密云杉林。

云杉林茂密，光线昏暗，众多栖息于此的大型野兽也从这里去往四面八方。

母亲在前面引路，孩子们排成一列从野兽踏出的小道上穿行而过。

跟着我走，跟紧了

母亲回过头又叮嘱道："你们一定要踩着我踩

过的地方走啊。"

这时一棵倒下的大树挡住了去路,倒下的树干反倒成了容易走的落脚之处。母亲不停歇地踩着倒下的树干走出一条通向森林的路。

倒下的树干不但容易走,也保证了安全。因为云杉林里有很多巨大的陷阱,都是洞穴人为了捕捉犀牛和驯鹿设下的。

走了一会儿,这家人又走上了野兽踩出的小路。

母亲一边找着用折断树枝做的记号,一边注意不能落入陷阱。

为防止突然碰上野兽,母亲时刻观察着周围动静,带着孩子往前走。

孩子们排成一列,互相只间隔一步,从云杉林中穿行。

突然,十岁的孩子脚上扎了根刺儿,他稍微停了一下,拔掉刺儿继续往前走。

母亲的脚印是绕着大树的树干走的,他抄近道追了上来。

母亲很生气,用棍棒打了一下他的头命令他:"返回刚才的路,一定要沿着我走过的路走。"

他按照母亲说的返回去,重新走大家刚才走的路。但是,他没能理解为什么必须这么走,而母亲也没法用三言两语告诉他这是自己从以前的经历中得来的教训。

母亲应该是这样想的:"丘陵上、森林里那些弯弯曲曲的小路,都有可能把人引向死亡或者迷路。不能完全跟住父母的孩子,很容易在路的分岔口走错。如果在森林里迷路一个晚上,不,只要迷路一两个小时就会死掉。所以,我和你们中间连一棵树的距离都不能有,你们必须紧紧跟在我身后,踩着我的脚印走。"

绝不能踩到冰缝

就这样,在穿越了两英里深的遮天蔽日的云杉林之后,这家人终于站在了一望无际的大海边上。

潮水退去,被海浪侵蚀的巨大礁石显露了出来。礁石被冲蚀得圆圆滚滚的,上面的岩洞里塞满了黄褐色的海藻。在远一点儿的地方横卧着一大块黑礁石,母亲带着饿坏了的孩子们直奔那块礁石。

"快!只差一步了。真是处处充满危险的旅途啊。要踩着我的脚印走啊。否则腿会折断的。"

如果腿真的折了,恐怕就活不了了。

有各种野兽,捉住人就吃,无论什么时候,动作慢就很难活下来。

母亲走在巨大而光滑的礁石上。她总是把脚踩在礁石顶面的中央。

正值冬天,他们碰上了一直结了冰的地方。裂开的厚厚的浮冰,因为海浪的拍打和摩擦,发出咯吱咯吱的声音。

"你们一定要踩着我的脚印走。"说完,母亲抱着婴儿,手里拿着生皮篮子和棍棒,继续向前,不断地躲避着冰缝。孩子们敏捷灵巧地跟在后面。

不大工夫,他们就来到了巨大的黑色礁石上。

多种贝类附在礁石上,形成斑驳的图案。到处都是海水洼子,里面有很多鱼,随便用什么棍棒都能打上来,到处都是美味啊!

他们饱餐了一顿,又把生皮篮子装满,开始往回走。

涨潮了,裂开了的相互摩擦的浮冰更加危险了。但是他们通过长距离的行走积累了经验,也掌握了安全的行走方式。

大家都精准地踩在浮冰的中间,避开冰缝;

踩着礁石顶面平缓的地方，一路顺利地回到了云杉林。

现在，太阳即将西沉，狼在远方嚎叫。母亲想起了自己的大儿子就因为想抄近道迷了路，就永远地消失了。她没再提起这件事，只是叮嘱孩子们："跟紧我，一定要踩着我踩过的地方走！"

出了云杉林，到了岩石丘陵脚下。接着开始朝自己的洞穴攀登。睡觉，醒来，饿了就吃东西。

就这样日复一日，年复一年，母亲把祖先传下来的行走经验反复进行言传身教——绝对不能踩到冰缝，人和人之间不能隔着树，和前面的人之间只能隔一步远。

到这里为止，我为你讲述了一段完全虚构的故事，目的是要告诉你，我们祖先的野外生活是什么样的。

在长达十万年的漫长的洞穴时期，这样的故事发生了数百万次,是的,每一天,人类的每个孩子都在重复经历这同一个故事。

这一切的证明

那么,这种说法有什么证据呢?

证据就在我们每个现代人的身上。

比如,我们观察一下两个走在放学回家路上的小孩儿。

他们看到马路边有一条自来水的主干管线,两个人也许会想到那上面小心翼翼地走一走。接着,他们又发现了齐腰高的院墙,他们也许会爬到那上面,一边微微晃动身体保持平衡一边往前走。

许多人对"跟我走"的游戏乐此不疲,这个游戏至今仍在世界上广泛流行着。

假如两个人一组做这个游戏,在行走过程中,他们得小心翼翼地不让邮筒、树和电线杆挡在两个人之间,排成一列从同一侧通过;当走在人行道的石板路上时,每一步都要努力踩到石板的中央,即使不能完全够着,也要尽量避免踩到石板缝。

而且,所有的孩子都会这么做。为什么呢?

谁也没有教过他们必须这样做啊。

我从没有见过哪个孩子玩这个游戏还要现学规则的,所有人都是遵循自己内心的声音去做的,也就是依赖自己的本能。这种声音源自远古"必须这样做"的时代,并传承给了现在的我们。

如果有人对这种解释有异议,那么请他给我一个更加合理的解释。

我们为什么害怕黑暗

在人类漫长的历史中,还有一些恐怖的时刻至今仍在我们人类的本能中留有印记。比如，我们为什么喜欢火？我们为什么害怕黑暗？

在那些遥远而可怕的岁月里，人类是不折不扣的弱者。野兽对人类来说太强大了，人类根本无法抵抗。人类往往刚住惯一个新地方，就会遭遇野兽的突然袭击，导致全军覆没。

所以，对人类而言，野兽是令人恐怖而残暴的，它们不但强大，数量也远远超过人类。

值得庆幸的是，远古时期我们的祖先和现代人不同，他们能灵巧地爬上树干，躲开地面上的野兽。否则，我们今天也不会生存在这个地球上了吧。

我们的祖先一旦被野兽追赶就会爬上树，他们整夜坐在树上，提心吊胆地望着地面上成群的野兽——它们的眼中流露出贪婪的目光，一直在等待树上的猎物会不会不小心掉下来，让它们饱餐一顿。

也可能我们的祖先有一部分逃到了洞穴里，但所面临的依然是在瑟瑟发抖中度过漫漫长夜，被寒冷和恐惧笼罩身心。

伟大奥秘的降临

接着，事情出现了转机，意想不到的巨大转机，人类发现了火。

怎么发现的呢？

肯定是个意外，也许是偶然的天赐，或者是雷电引起了火灾。火带有一种其他自然现象所没有的戏剧性的幻影——小小的火苗可以燃烧成无边的大火。

火仿佛是一个陌生的幽灵，令人恐惧，是人类在很长一段历史时期都难以理解的现象。火吞噬了森林，照亮了黑夜，驱散了森林里的野兽，点亮了远方指路的灯塔。火,可以毁灭人类,但又保护了人类,它赶走了野兽,带来了温暖和慰藉。火无疑是最伟大的奥秘,是改变人类命运的一个重大发现。

为了让这来之不易又令人忌惮的火永不熄灭,族里最有智慧的老人被任命为火的守护者。这伟大奥秘的守护者,就是最初的祭司。

自从得到神圣的火种,人类从此不再畏惧黑夜,晚上可以坐在地面上活动了。但是,夜晚依然不能狩猎。在没有火的森林里,黑暗和野兽仍然严格制约着人类的活动。不过,在围着火堆席地而坐的夜里,人们发现了和伙伴们进行社交活动的乐趣。于是,语言、游戏和社会习俗开始蓬勃发展。这,可以算是文明和宗教的起源。

人们崇拜火焰,将它视为带给人类慰藉和庇护的神秘力量。

直到过了很久以后,人们才意识到天空中耀眼的太阳发挥着和火相同的作用,而且威力更大。

只是人们难以接受同时存在火和太阳两个伟大的奥秘,因此,两个伟大的奥秘背后,一定有一个更伟大的神明,而且不可违背。

摩西所看到的燃烧的荆棘、大多数早期氏族的祭坛之火、希腊和罗马的维斯塔圣火、波斯的火焰崇拜,还有现代祭坛上的蜡烛,都是这个古老故事的遗迹和证据。

征服野兽

此外还有其他的证据,我们每一个现代人身上都鲜明地保留着遥远过去的痕迹。

当我们夜晚在森林的空地上燃起篝火,神奇的火焰瞬间把阴暗恐怖的森林变成像家一样亲切温暖的地方。我们仿佛回到了远古时代,火焰驱离了恐怖的野兽,带给我们莫大的喜悦。

"野兽"这个词给人恐怖的感觉,而"动物"这个词就不会。二者的区别在哪儿呢?

"动物"是个温和的词,是抚育孩子过程中使用的昵称。

而"野兽"这个词会让我们想起远古时期那众多巨兽出没、令人毛骨悚然的血腥场面。

我们的许多迷信观点和宗教行为都可以追溯到那些久远而可怕的日子。

假如你在夜晚独自走在远离村庄的偏僻的地方,你听到背后传来脚步声,或者你认为你看到了一团昏暗的影子、灌木丛中一只绿油油的眼睛,或者一点儿细微模糊的声响就让你心跳骤停、汗毛倒竖,有这种经历,并不意味着你是迷信的笨蛋、傻瓜或者胆小鬼——这仅仅说明,黑夜中的声响或者脚步声、发光的眼睛和模糊的身影等，都是印刻在你本能中的祖先记忆引起的共鸣。

即使在今天，如果你感觉到有野兽在悄悄接近你，说明你实际上就处于非常危险的境地。从这种感觉产生的那一刻起，你就会心跳加速，仿佛感觉到野兽正向你扑来，于是你走投无路，成了它的猎物。

应中元　译

喀伦泡之王老暴

一

牧区的真正王者

喀伦泡是新墨西哥北部的一片大牧区。那儿有丰美的牧草,成群的牛羊,还有绵延起伏的高坪和银蛇般蜿蜒的流水,这些流水最后都汇入了喀伦泡河,整个地区就是因这条河而得名的。而在这一带威震四方的大王是一只老灰狼。

老暴[①],墨西哥人又管他叫大王,是一群出色的灰狼的大头领。

---

① 原文 Lobo,西班牙文,意思是"狼",译为"老暴",不仅音相近,也反映了狼的性格。——译者注

这个狼群在喀伦泡河谷残杀洗劫已经多年了。所有的牧人和牧场工人对老暴都非常熟悉，而且，不管他带着他那忠实的帮凶出现在哪儿，牛羊都要吓得失魂落魄，牛羊的主人也只能干生气无奈何。

在狼群中间，老暴论身材高大无比，论狡诈和强壮也毫不逊色。他在夜晚的叫声老少皆知，所以很容易同他的伙伴的声音区分开来。

一只普通的狼，哪怕在牧人的营地周围叫上半夜，充其量也不过是秋风过耳，但是当大王低沉的嗥叫声回荡在山谷里的时候，看守人就要提心吊胆，惶惶不安，眼巴巴地挨到天亮，看看羊群又遭受了什么严重的祸害。

老暴统率的那一群狼数目并不多。这一点我始终不大明白，因为，在一般情况下，一只狼如果有了像他这样的地位和权势，总会随从如云，前呼后拥。这也许是因为他只想要这么多，要么就是他暴虐的脾性妨碍了他那个群体的扩大。有一点是可以肯定的：老暴在他当权的后半期只有五个追随者。

不过，这些狼每一只都威震四方，其中大多数身材也比一般的狼大，特别是那位副统帅，可真算得上是一头巨狼了。但即便是他，无论看个头，还是讲勇武，在狼王面前都小巫见大巫了。

除了两个头领，狼群里还有几只也是超群绝伦的。其中有一只美丽的白狼，墨西哥人管她叫"白姐"，想来该是只母狼，可能就是老暴的伴侣。另外还有一只动作特别敏捷的黄狼，按照流行的传说，他曾好几次为狼群捕获过羚羊。

待会儿就会知道，牛仔和牧人们对这些狼真是了如指掌。

人们常常看到他们，而听到他们的次数更多，他们的生活和牧人们的生活息息相关，可牧人们却巴不得除之而后快。在喀伦泡，没有一个牧人不愿意出一笔相当于很多头牛的好价钱，来换取老暴狼群里随便哪一只的脑袋。

可是那些狼好像受到了神鬼的保佑，人们尽管千方百计捕杀他们，但都无济于事。他们蔑视所有的猎手，嘲弄所有的毒药。

至少有五年光景，他们接连不断地要喀伦泡牧民进贡，很多人说，一天没有一头牛是不行的。这样估算下来，这群狼已经杀死了不下两千头最肥壮的牛羊，因为大家都知道，每次他们总是挑最好的下手。

人们认为狼老是饥肠辘辘，因此就饥不择食，这种旧观念对于这群狼完全不适用，因为这伙强盗总是毛色光滑，体质健壮，吃起东西来挑剔得不得了。

凡是老死的、有病的或是不干不净的动物，他们连碰都不肯碰一下。就连牧人宰杀的东西，他们也绝不沾边。

他们挑选的日常食物,是刚刚杀死的一周岁的小母牛,而且只吃比较嫩的部位。老公牛和老母牛,他们根本瞧不上眼。虽然他们偶尔也逮个把牛犊子或小马驹,但是很显然,这群狼并不欣赏小牛肉或马肉。

大家也知道,他们对羊肉也不热衷,虽然他们时常杀羊取乐。1893 年 11 月的一天夜里,"白姐"和黄狼就杀死了两百五十只羊,但一口肉也没有吃,一目了然,他们这么干纯粹是为了开心取乐。

这些只不过是很多故事中的几个例子而已,我可能还要重复以表明这群恶狼为非作歹的劣迹。

为了消灭这群狼,人们每年都试用许多新招,但是,尽管人们竭尽全力,这群狼还是活得越来越健壮。

人们出了一笔很高的赏金,悬赏老暴的脑袋。

于是有人采用了几十种妙诀，投放毒药来捕捉他，但全都被他发觉避开了。他只怕一样东西，那就是枪，他心里明白，这一带的人个个都带枪，因此从来没有听说过他向人发起攻击或跟人对峙的事情。

的确，这群狼的既定方针就是：在白天，只要发现有人，不管距离多远，撒腿就跑。

老暴有个习惯，他只允许狼群吃他们自己杀死的东西，正是这个习惯一次又一次救了他们的命。他嗅觉敏锐，能发现人手的痕迹或者毒药本身，这就保证他们能够万无一失。

有一次，一个牧人听见了那熟悉的老暴的战斗呼号，便蹑手蹑脚地溜过去，发现喀伦泡的这群狼正在一块洼地上围攻一群牛。

老暴远远地蹲在一个土岗子上，"白姐"和其余的狼正拼命要把他们相中的一头小母牛"揪出来",可是那些牛紧紧地挤在一起站着,牛头朝外,以一排牛角阵对着敌人。要不是有一头牛面对这群狼的又一次冲击而怯起阵来,想钻到牛群中央去,这个防线是无法突破的。狼群只有这样乘虚而入,才把相中的那头小母牛咬伤了。可那头小母牛还远远没有失去战斗能力。

终于,老暴似乎对他的部下失去了耐心,于是他奔下山岗,大吼一声,向牛群猛扑过去。经他这么一冲,牛群便张皇失措,阵线立即土崩瓦解了。他接着飞身一跳,冲进牛群当中。这一下,牛群就像一颗爆炸了的炸弹的弹片,溃散开来。

那头被相中的倒霉蛋也逃开了,可还没跑出二十五码远,就叫老暴逮了个正着。他抓住小母牛的脖子,竭尽全力把它猛地往后一拉,将它狠狠地摔在地上。这次打击真有迅雷不及掩耳之势,小母牛被摔了个脑袋杵地,后蹄朝天。

老暴自己也翻了个跟头，但他马上就站起身来，他的部下扑到这头可怜的小母牛身上，一刹那工夫就结束了它的小命。

老暴把这个倒霉蛋撂倒之后，并不跟大伙儿一起去杀死它，好像在说："瞧，你们干吗就没有一个能马上把这事儿处理掉，偏偏要浪费这么多时间？"

这时，那个人一路吆喝着骑马赶来，这群狼便照例撤退了。

此人有一瓶马钱子碱，他飞快地在死牛身上下了三处毒，下完就走了。他知道这群狼还要回来吃牛肉，因为这是他们亲自杀死的动物。

可是第二天早晨，当他回到原地想看看中了毒的倒霉鬼时，他发现这群狼虽然吃过牛肉，可是把所有下过毒的部位都小心翼翼地撕扯下来，扔在了一边。

在牧人中间，对这只大狼的恐惧心理逐年加剧，悬赏他的脑袋的赏金也逐年提高，到最后竟达到一千美金，这肯定是一笔前所未有的捕狼赏金，就是悬赏捉人，许多都达不到这个数目。

一个名叫坦拿利的得克萨斯牧人，受到这笔赏金的诱惑。一天，他策马向喀伦泡山谷疾驰而来。他有一套专门捕狼的优良装备——最好的枪、最快的马，还有一群大狼狗。

他曾经带着他的狼狗，在锅把儿形的平原上捕杀过许多狼，所以他现在深信不疑：不出几天，老暴的脑袋就会挂在他自己的鞍头上了。

夏天的一个清晨，他们披着灰蒙蒙的曙光，气势如虹地前去打狼了。

没过多久，那群大狼狗就欢声雷动，传来喜讯：它们已经找到猎物的踪迹了。

走了不到两英里，喀伦泡的灰狼群就闯进了视野，这场追猎顿时紧张激烈起来。狼狗的任务只是牵制住狼群，好让猎人策马赶来击毙他们。

在得克萨斯的开阔平原上，这一般是容易做到的；可是在这儿，一种新的地形发挥了作用，也说明老暴是多么善于选择他的阵地。喀伦泡河岩石嶙峋的峡谷和众多支流把大草原切割得支离破碎。

此刻，老狼王马上朝最近的那条支流跑去，过了河，就把骑马的猎人甩开了。然后，他的狼群分散开来，狗群也就被引开了。可是当他们在远处重新集结起来时，狼狗却一下子聚不齐。这样一来，狼就扭转了寡不敌众的局面。他们便杀了个回马枪，不是把追猎者杀死，就是把它们咬成重伤。

当晚，坦拿利清点狗数，发现狗只回来了六只，其中两只还被扯得浑身稀烂。

后来，这个猎人又做了两次尝试，想拿下这颗狼王头，可是，这两回跟头一次一样都是空手而回。

在最后一次追捕中,他那匹最好的马也摔死了。因此他气急败坏,放弃了追捕,一甩手回得克萨斯去了,留下老暴待在该地,比以往更加猖狂。

第二年,出现了另外两个猎手,卡隆和拉洛谢,下定决心要拿到这笔赏金。他们俩都深信自己能把这只威名远扬的狼消灭掉。

第一个人用的是新配的毒药,投放的方法也跟以前截然不同;另一个是法裔加拿大人,除了毒药,还要画符念咒来增强效力,因为他坚信,老暴是一个十足的"狼人",绝不是用普通的方法可以消灭的。

但是,对这只灰色祸首来说,什么配方绝妙的毒药呀,什么符咒魔法呀,统统无济于事。他还是和从前一样,照常每周四处巡视,每天大吃大喝,没出几个星期,两个猎手都心灰意懒,干脆拉倒,去别处打猎了。

　　1893年春天，卡隆在捕捉老暴失败后，又有过一次丢脸的经历，这就表明，这只大狼根本不把他的敌手放在眼里，并且有着绝对的自信。

　　卡隆的农场位于喀伦泡河的一条小支流上，在一个风景如画的峡谷里。

　　那个季节，就在这个峡谷的岩石中间，在离卡隆家不到一千码的地方，老暴和他的伴侣选定了他们的窝，开始养儿育女。他们在那儿整整住了一个夏天，咬死了卡隆的牛、羊和狗，安安稳稳地待在洞穴满布的岩壁深处，嘲弄他设放的那些毒药和机关。

　　卡隆绞尽脑汁想用烟把他们熏出来，或者用炸药炸死他们，但枉费心机，他们都安全避开了，连一根毫毛都不曾损伤，并且一如既往，继续行凶施虐。

"去年整整一个夏天，他们就住在那儿，"卡隆指着那块岩壁说，"我对他一点儿办法也没有。在他眼里，我真像一个大傻瓜。"

二
与老暴的相遇

这段历史是从牛仔们那儿搜集来的,我一直难以相信,直到1893年秋,我亲自结识了这个诡计多端的强盗,终于对他有了比别人更深刻的了解,我才相信那并非空穴来风。

几年前,我的狗宾狗活着的时候,我曾当过捕狼的猎人,可是后来换了另一种职业,就把我拴在写字台上了。

我急需改弦易辙,所以当一个也在喀伦泡做牧场主的朋友要我去新墨西哥,试试看我能不能对付一下这帮劫掠成性的狼的时候，我就接受了他的邀请。由于我迫不及待地要见识见识这位大王，所以就尽快赶到了该地的高坪上。

我花了些时间，骑着马四处奔走，想了解了解这一带的情况，我的向导时不时指着一具还黏着皮子的牛骨头架子说："这就是他干的好事。"

我心知肚明，在这个崎岖坎坷的地区，想用马和狗来追捕老暴纯属徒劳。因此，毒药和机关是唯一有效的办法。目前，我们的捕狼机还不够大，于是我就先从毒药入手。

捕捉这个"狼人"的办法数以百计，我就用不着一一赘述了，凡是含有马钱子、砒霜、氰化物或者氢氰酸的东西，没有一种我没试过。凡是能用来当诱饵的肉类，没有一样我没用过。

但是，一个早晨又一个早晨，我骑着马前去察看结果，却发现这纯粹是枉费心机。对我来说，这位老狼王太狡猾了。只举一个例子就可以看出他的绝顶聪明。

有一次,我根据一个老猎手的指点,把一些奶酪跟一只刚宰的小母牛的腰子上的肥肉拌在一起,放在一只瓷盘里煨烂,再用一把骨头刀子把它切开,免得沾染上金属味儿。

等这盘食饵凉了以后,我把它切成块儿,每一块在一面掏一个洞,再塞进大量的马钱子和氰化物,这些毒药是放在绝不透气的胶囊里的,最后,我又用奶酪把洞封起来。

操作期间,我始终戴一副在小母牛的热血里浸过的手套,连大气都不敢朝这盘食饵出一口。等一切就绪,我把它分装在一只涂满了牛血的生皮口袋里,又在一根绳子头上拴上牛肝和牛腰子,骑着马把它们拖在地上。

我这样兜了一个十英里的圈子,每走四分之一英里，就扔一块毒饵，而且总是小心翼翼，绝不让手去碰它一下。

一般来说，老暴总在每个星期的头几天光顾这个地区，后几天，估计是在格兰德山山麓附近度过的。这天是星期一，就在当天晚上，我们正要睡觉的时候，我听见了大王陛下低沉的吼声。一听到这声音，有个伙伴简短地说了句："他来了，等着瞧吧。"

第二天早晨我出发了，急着想知道结果如何。不久我就发现这帮强盗踩的新爪子印，老暴在最前头——要看出他的爪印总是很容易。

普通的狼，前爪只有四英寸半长，大的也不过四又四分之三英寸。可老暴的爪印，根据多次测量，从前爪到后跟，足有五英寸半长。后来我发现，他的其他部位也比例相称，从脚跟到肩头的高度为三英尺，体重达一百五十磅。所以，他的爪印虽然被他的追随者踩模糊了,但是并不难认。

这群狼很快就发现了我拖牛肝和牛腰子的路线,并且照例跟踪而去。我看得出,老暴到第一块食饵这儿来过,还在周围嗅过一阵子,最后总算把它捡起来了。

这时的我欣喜之情溢于言表。

"我总算逮住他啦,"我大声喊道,"不出一英里,我就能找到他的僵尸啦。"

接着,我快马加鞭往前飞奔,一路又眼巴巴地盯住尘土上又大又宽的爪印。后来我又发现第二块毒饵也不见了。我好高兴啊——这下可真的逮住他了,说不定还能逮住狼群里的另外几只哩。

宽大的爪印还是继续出现在路线上。我站在马镫上把前面的平原仔细地搜索了一遍,可是连死狼的影子也没看见。

我又跟着往前走——发现第三块食饵也不见

了——循着狼王的脚印,走到第四块食饵那儿的时候,我才知道他实际上一块也没吃过,只不过是把它们衔在嘴里带走了而已。

然后,他把前三块食饵堆在第四块上面,还往上撒了一泡尿,以表示对我的伎俩的极端蔑视。然后,他离开了我投饵的路线,领着被他守护得万无一失的狼群,忙自己的事情去了。

这只是我许多类似经历中的一例。这些经历使我相信,要消灭这个强盗,毒药是绝对不可取的。

可是我一边等待捕狼机运来,一边还在继续使用毒药,这也不过是因为,要消灭许多草原上的狼和其他有害动物,放毒还是当时一种可靠的手段。

大约就在这个时候,在我的眼皮底下发生了一件事情,进一步说明了老暴的残暴狡猾。

这些狼至少有一件事,纯粹是为了寻开心才干的,那就是惊扰虐杀羊群,不过他们很少吃它们。

平时,绵羊总是一千头到三千头合成一群,由一个或几个牧民来看管。

到了夜里,它们就集中在能找到的最隐蔽的地方,羊群的每一边都睡着一个牧人,严加防范。

绵羊是一种没有头脑的动物,哪怕一丁点儿风吹草动,也准能把它们吓得东逃西窜,但是它们天性中有一种根深蒂固的——也许是唯一的——大弱点,那就是紧跟领袖寸步不离。

牧民们也就充分利用了这个弱点,在绵羊群里安插了五六只山羊。绵羊认识到了它们有胡子的表亲的聪明优越,所以在夜里遇到警报的时候,就把这些山羊团团围住。通常,它们都是因为这样做才没有被冲散,也容易得到保护。但是,情况并不总是这样。

去年11月末的一个晚上,有两个佩里科牧人被狼群的袭击惊醒了。

牧人的绵羊群挤在山羊周围。山羊呢，既不傻，也不怕，它们坚守着阵地，摆出一副临危不惧的架势。

但是天哪，这回带头攻击的可不是一只普通的狼啊。山羊是羊群的精神支柱，这一点老暴知道得和牧人一样清楚。他飞快地跃过密密匝匝的绵羊背，直扑那些山羊，转眼之间，就完全结果了它们的性命，于是这群倒霉的绵羊，就向四面八方逃窜开来。

以后几个星期，差不多每天都有焦急万分的牧人跑来问我："近来你见到过失散了的有标记的羊了吗？"我往往只好说看见过。有一次是这么说的："见了，在钻石泉那儿见到过五六具残骸。"另一次大概是这么回答的："我见过一小'股'在玛尔佩坪上乱跑。"要不，我就说："没见过。不过两天前，胡安·梅拉在塞德拉山见过二十来只刚刚被杀死的羊。"

捕狼机总算来了,我和另外两个人埋头苦干了整整一个星期才把它们安装好,我们不辞劳苦地工作着,凡是我能想到的有助于捉狼的办法我都采用了。

捕狼机安装好的第二天,我就骑马出去巡查,没有多久,就碰上了老暴从每架捕狼机旁边跑过的爪印。从尘土上,我能看出他那天晚上全部所作所为的底细。

他摸黑一路小跑而来,尽管捕狼机隐藏得不露痕迹,但是第一架马上就被他察觉了。他立即叫狼群停止前进,并小心翼翼地把捕狼机四周的土扒开,直到捕狼机、链条和木桩全部暴露无遗,只剩下上面的弹簧没有触发。一路走去,他用同样的办法处理了十几架捕狼机。

不久,我注意到,他一发觉有可疑的行迹,就立马停住脚步,拐到一边。

于是我立即想出了一个哄他上当的新招儿。

我把捕狼机安置成"H"形,就是说,在路的两边各放一排捕狼机,再在路中间安置一架,权当"H"中间的横杠。可是没过多久,我发现这个计划又泡汤了。

老暴顺着这条路小跑而来,而且在发觉那架捕狼机以前,就已经完全深入平行的两排机关中间了。可他及时刹住了脚步。

至于他为什么或是怎么样洞见症结的,那我可说不上来。我看准是有什么野兽守护神在伴随着他。

这时候,他寸步不偏,谨慎缓慢地沿着自己走过的爪印又退了回来,每一步都分毫不差地重叠在原来的爪印上,直到离开这个危险地区。接着他绕到一边,用后爪一个劲儿地扒土块儿和石子儿,最后把捕狼机全部触发了。

还有很多次,他也是这么干的,虽然我变了花样,加倍小心,但他从来也不上当。他的聪明让他永远万无一失。

要不是后来那桩不幸的联姻毁了他,并把他的名字添到那长长的英雄榜上,那么直到今天他也许还在干着他那强取豪夺的勾当哩。

这些英雄,独自一身时,总是所向无敌,但都由于可信的同盟者的轻率而死于非命。

三
曾想要一起生活

有一两次,我发现了一些迹象,表明喀伦泡狼群里有些事情不大对头。

譬如说,从狼的爪印上可以看得明明白白,有只较小的狼有时跑在统帅前头,这一点我搞不懂,直到后来,有个牛仔发了一通议论,才把事情解释清楚了。

"今天我见着他们啦,"他说,"离开狼群撒野的那只狼是'白姐'。"

这时,我才恍然大悟,我说:"我知道了,'白姐'是只母狼,因为要是一只公的这么干,老暴马上就会宰了他的。"

这一发现便诱发了一个新方案。我宰了一头小母牛,把两架捕狼机显而易见地安放在死牛旁边,然后把牛头割下来,因为它被看成一件废物,狼也不屑一顾。我便把它扔在离死牛不远的地方,再在牛头周围安置上六架强劲的钢制捕狼机,彻底清除过气味,隐蔽得不露痕迹。

安置的时候,我的双手、皮靴和工具都用新鲜的牛血抹过,随后还在地上洒了一些血,活像是从牛头里流出来的。捕狼机在土里埋好以后,我又用郊狼皮在上面扫了一遍,再用一只郊狼爪子在捕狼机上面压了一些印子。牛头扔在一簇乱草丛旁边,中间留着一条窄窄的通道,在这条通道上,我又埋藏了两架最好的捕狼机,把它们跟牛头拴在一起。

狼有个习惯,只要一嗅到有什么死动物的味儿,为了探个究竟，就是不想吃，也要走近去瞅瞅的。

我希望这种习惯会把喀伦泡狼群带到我最新的圈套里来。我并不怀疑，老暴会发现我在牛肉上做的手脚，阻止狼群去接近它。可是我对牛头却寄予了厚望，因为它看上去好像是被当作废物扔在一边的。

第二天一早，我迫不及待地赶去查看那些机关，哟，真叫人高兴！

有狼群的爪印子，原来放牛头和捕狼机的地方，现在空无一物。

我赶紧把爪印研究了一下，发现老暴尽管不让狼群走近牛肉，可是，一只小狼显然跑过去看过放在一边的牛头，并且正好踏进了一架机关。

我们开始追踪，不到一英里，就发现这只倒霉的狼竟然是"白姐"。

但她立马跑开了，虽然拖着一个五十多磅重的牛脑袋,还是很快就把我们这一伙步行的人远远抛在后面了。

但她跑到岩石地带时,我们追上了她,因为牛角给挂住了,死死地拽住了她。我从来没有见过像她这样美丽的狼。她浑身油光油光的,几乎可以说是白亮白亮的。

她转过身来搏斗,她扯着嗓子喊起了战斗口号。远处的高坪上,传来了老暴的一声深沉的回答。

这是"白姐"最后的呼唤。因为这时候,我们已经逼近她的身边,她也鼓足全部力气,准备拼死一战了。

接着,不可避免的悲剧发生了,后来我想起这个主意,比当时还要害怕。

我们每个人都朝这只注定要遭殃的狼的脖子扔过去一根套索,再赶着马朝相反的方向狠拉,直到她嘴里喷出了血,眼睛发了直,四条腿也僵硬了,瘫软无力地一下子倒在地上才住手。

然后,我们带着死狼骑马回家,为能给喀伦泡狼群第一次致命打击而欣喜若狂。

在悲剧发生的当时以及后来我们骑马回去的时候,我们时不时听到老暴的嗥叫声,这时他正在远处的高坪上游荡,似乎在寻找"白姐"。

他从来没有真正地遗弃过"白姐",可是他一向对枪怀着根深蒂固的畏惧,所以当我们靠近的时候,他就知道已经没法搭救"白姐"了。

那一整天,我们都听见他一边四处寻觅,一边不住地哀嚎,最后我对一个牛仔说:"这回我可真的明白了,'白姐'的确是他的配偶。"

黄昏来临的时候,他好像在朝他安家的峡谷走来,因为他的叫声越来越近了。他的叫声里有一种明白无误的悲凉音调。那不再是一种无畏而响亮的嗥叫，而是一种悠长、痛楚的哀嚎了。他好像在喊："白姐！白姐！"

当夜幕降临的时候，我注意到他就在离我们追上"白姐"不远的地方。终于，他好像发现了痕迹，当他走到我们杀死"白姐"的地点时，他那伤心欲绝的哀叫声，听起来着实让人可怜。

那种悲伤我简直难以相信，连那些铁石心肠的牛仔听了也说："从来没有听见一只狼像这样叫过。"

他好像知道了发生过的一切，因为在"白姐"死去的地方，鲜血染红了地面。

后来，他跟随着马蹄印，走到牧场的屋子跟前。他上那儿去是想找到"白姐"呢，还是寻机报仇，我不得而知。但事情的结果，却是他报了仇。

他在屋子外面撞见了我们那条不幸的看门狗，就在离门口不到五十码的地方，把狗撕了个粉身碎骨。这一回他显然是独自来的，因为第二天早上我只发现了一只狼的爪印。他一路狂奔乱跑,这在他可是件异乎寻常的事儿。我对这一点也有所预料,所以在牧场周围又加设了一些捕狼机。

后来我发现,他的确踏中了其中的一架,可是他力气太大,挣脱了出来,并把捕狼机抛在一边。

我相信,他还要在附近这一带继续找下去,至少不找到"白姐"的尸首誓不罢休。于是,我全力以赴干起这件大事来,也就是在他离开这个地区以前,趁他心乱如麻的当儿,把他逮住。

这时我才意识到,杀死"白姐"已经铸成了大错,因为我要是拿她来做诱饵,第二天晚上满可以把他逮住。

我把所有能够动用的捕狼机都集中起来,总共有一百三十架强劲的钢制捕狼机,再每四架编成一组,安置在每一条通往峡谷的路线上;每一架捕狼机都分别拴在一根木杠上,再把木杠一根一根分开埋好。埋的时候，我小心翼翼地扒起草皮，把挖起来的泥土一点儿不漏地全部放在毯子里，所以在重新铺好草皮，一切就绪的时候，看不出一丝人工的痕迹。

捕狼机隐藏好以后，我又拖着可怜的"白姐"的尸体，到各处去走了一趟，还在牧场周围绕了一圈，最后我又砍下她的一只爪子，在经过每一架捕狼机的路线上，打上了一串爪印子。凡是我知道的预防措施和计策，我全用上了，一直干到很晚才歇下来等待结果。

那天夜里有一次，我想是听见了老暴的声音，但没有十分的把握。

第二天我骑马出去巡查，可是还没走完峡谷北部的圈子，天就已经黑下来了，所以我没有什么好汇报的。

吃晚饭的时候，有个牛仔说："今天早晨，峡谷北面的牛群闹得可厉害啦,恐怕那边的捕狼机逮住什么了吧。"

第二天下午,我还没有走到牛仔所说的那个地方,当我靠近那儿的时候,一个硕大的、灰突突的东西从地上挣扎起来,妄图逃走。

原来站在我面前的正是喀伦泡之王老暴,他已经叫捕狼机结结实实地夹住了。

这可怜的老英雄,他无时无刻不在寻找着自己的心上人,一发现她的尸体留下的痕迹,就不顾一切跟踪而来,于是钻进了为他布置好的圈套。

他躺在那儿,被四架捕狼机的铁夹紧紧夹住,一点儿能耐也没有了。在他周围有好多蹄印,说明牛群是怎样围到他旁边,侮辱这个落难的暴君,但又不敢跑到他还可以够得着的地方。

他在那儿躺了两天两夜,现在已经挣扎得筋疲力尽了。

可是，当我走近他的时候，他还是爬起身来，竖起鬃毛，扯开嗓子，最后一次使山谷震荡起他那深沉洪亮的吼声。这是一种求救的呼声，是召集他的狼群的呼号。但是没有一点儿回音。

尽管陷入孤立无援、走投无路的境地，他还是竭尽全力转动着身子，拼命向我扑来。这纯属徒劳，每一架捕狼机都有三百多磅，把他死死地拖着，四架捕狼机把他无情地抓着，每一只爪子都被大钢齿咬着，那些沉重的木杠和铁链全都纠缠在一起，他是一筹莫展了。

他的象牙色的獠牙怎样磨啃着那些无情的铁链啊，当我壮起胆子用枪管去碰他时，他在枪管上面留下了一道又一道槽，直到今天都还没有磨平呢。

在他白费气力想抓我和我那匹吓得发抖的马的时候，他恨入骨髓、怒火万丈，眼睛绿光闪烁。他张开大嘴,咔嚓一声咬下去,却咬了个空。

饥饿、挣扎和不断流血,耗尽了他的气力,不久他就精疲力竭地瘫在地上了。

他可真是血债累累!但当我准备惩处这个罪魁祸首的时候,却感到有些于心不忍。

"无法无天的亡命徒啊,上千次非法袭击的枭雄啊,过不了几分钟,你也不过是一大堆腐肉了。也只有这样一种下场了。"

说罢,我就挥起套索,嗖的一声朝他的脑袋扔了过去。但事情可没那么顺当,他还远远没有被制服呢。

那柔韧的套索还没有落在脖子上,就被他咬住了,他狠劲儿一咬,就咬穿了又粗又硬的绳索,然后扔在他的脚下,成了两截。

当然,我有最后一招,就是开枪,但是我不想损坏他那张宝贵的毛皮。

于是，我骑马赶回宿营地，带来一个牛仔和一副新套索。

我们先把一根木棍朝这只倒霉蛋扔过去，他一口咬住了，然后，趁他没来得及吐掉的时候，我们的几根绳索已经嗖嗖地飞了过去，紧紧地把他的脖子套住。

然而，在亮光没有从他凶狠的眼睛里熄灭之前，我连忙喊道："等等，咱们别忙着勒死他，把他活捉到营地去。"

现在他毫无还手之力了，所以我们轻而易举地把一根粗棍子横穿过他的嘴巴，挡在他的牙齿后边，然后用粗绳绑住了他的嘴巴，再把绳子系在木棍上，于是木棍拽着绳子，绳子扯住木棍，这样，他就没法伤人了。

他一感到自己的嘴巴已被绑住，就再也不反抗了。他一声不响，只是冷眼注视着我们，好像在说:"好啦,你们到底把我给逮住了,怎么处置随你们的便吧。"

从此以后,他再也不理睬我们了。

我们牢牢地绑住他的腿脚,但是他一声不哼,一声不叫,连脑袋也不转动一下。

接着,我们两个人一齐用力,刚刚能够把他抬到马背上。他呼吸均匀,好像睡着了一样。他的眼睛又变得明亮清澈了,可是并没有瞅我们。

他目不转睛地盯着远处一大片起伏的高坪,他正在逝去的王国,那里有他名扬四方的狼群,现在已经五零四散了。

他一直这样盯着,直到小马下了坡,进了峡谷,岩石把他的视线切断了。

我们一路慢慢悠悠地走着,平平安安地到达了牧场。我们先给他戴好项圈,拴上一根粗链子,然后把他拴在牧场的一根桩子上,才把绳子解掉。